獄中錦囊

옥중금낭,
첫날밤의 살인사건

<지만지한국문학>은
한국의 고전 문학과 근현대 문학을 출간합니다.
널리 알려진 작품부터
세월의 흐름에 묻혀 이름을 빛내지 못한 작품까지
적극적으로 발굴합니다.
오랜 시간 그 작품을 연구한 전문가가
정확한 번역, 전문적인 해설, 풍부한 작가 소개, 친절한 주석을
제공합니다.

獄中錦囊

옥중금낭,
첫날밤의 살인사건

작자 미상
서유경 옮김

대한민국, 서울, 지만지한국문학, 2024

편집자 일러두기

- 이 책은 1913년 신구서림에서 간행된 《옥중금낭(獄中錦囊)》 저본으로 삼았습니다.
- 현대어역은 현대 독자가 쉽게 이해할 수 있도록 원문의 의미를 벗어나지 않는 범위 내에서 자연스럽게 윤색을 가했습니다.
- 원문은 저본의 표기를 그대로 따르되, 구두법과 띄어쓰기만 현대 문법에 맞게 옮긴이가 바꾸었습니다.
- 원문에 〈1〉, 〈2〉와 같이 저본의 쪽수를 표시해 쉽게 대조할 수 있도록 했습니다.

차 례

옥중금낭 · 1
원문 · 99

해설 · 203
옮긴이에 대해 · · · · · · · · · · · · · · · · · 213

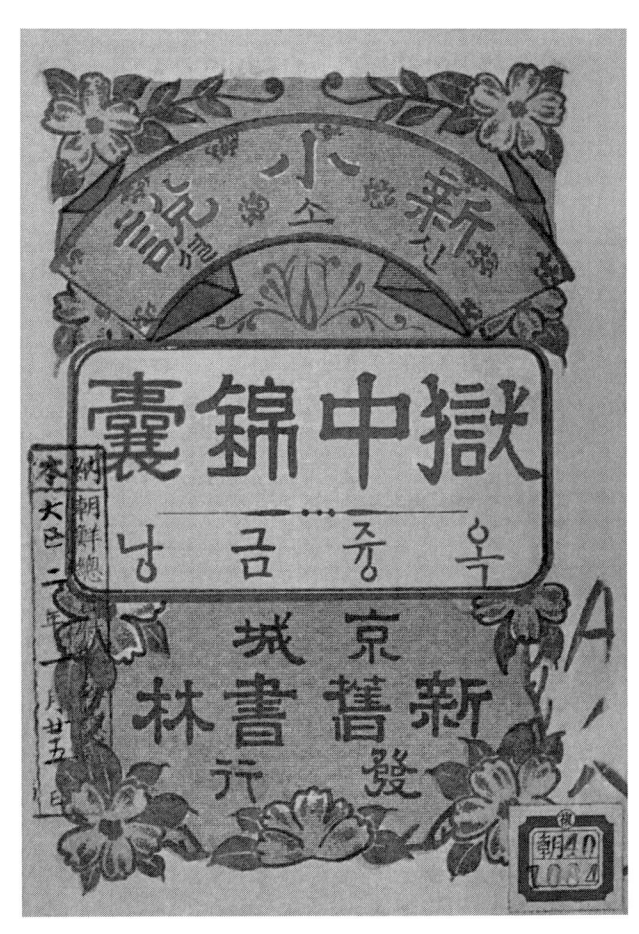

1913년 신구서림에서 간행된 《옥중금낭(獄中錦囊)》의 표지

옥중금낭

"문에리수에1) - 에-."

이같이 귀청이 떨어지도록 소리를 외치며 오는 맹인은 나이가 쉰 살가량 되어 보였다. 왼손에는 부채를 들고 오른손에 일곱 마디 긴 검은색 대나무 지팡이로 눈을 삼아 앞길을 두드리며 가고 있었는데, 남대문을 지나 대평동 어귀에 당도할 때쯤이었다.

아이들 7, 8명이 몰려다니며 혹 술래잡기도 하고 혹 숨바꼭질도 하고 있다가 맹인이 오는 것을 보고 한 아이가 옆으로 오더니,

"장님! 장님!"

맹인이 지나가다가 아이 녀석이 부르는 소리를 듣고 뚝 서서,

"왜 부르니?"

(아이) "불알이 몇 쪽이오?"

(장님) "에이! 망한 놈의 집 자식 같으니! 너의 부모가 그렇게 가르치더냐?"

물음에는 대답하지 않고 이같이 욕을 하며 지팡이로

---

1) 문에리수에 : 장님 점쟁이가 돌아다니면서 자기에게 점을 보라고 외치는 소리.

뚜드륵 두드리며 다시 앞길을 갔다. 그런데 별안간 회오리바람이 불어 먼지가 얼굴을 뒤집어씌우는 것이었다. 맹인이,

"퉤! 퉤!"

하고 침을 뱉으며,

"어허, 이 바람 보아라. 무슨 바람이 이렇게 불까?"

하니 욕하던 아이놈이 옆에서 이 말을 듣고,

"저런 망할 장님 보아라. 눈 뜬 사람도 못 보는 바람을 다 본다네."

하더니 맹인이 말할 사이도 없이 옆으로 홱 달려들어 지팡이를 빼앗아 가지고 달아나며,

"바람 보는 장님이 길을 못 볼까?"

맹인이 무심히 있다가 지팡이를 뺏겼으니 어디를 가겠는가? 길 가운데 가서 우뚝 서서 욕을 물 퍼붓듯 했다.

"이놈이 어느 집 자식이야, 응? 앞 못 보는 사람의 지팡이를 빼앗아 가는 걸 보니 요놈이 잘되기나 하겠나? 아무 때라도, 응? 찢어발길 놈의 집 자식 같으니!"

아이놈이 옆에서 욕하는 소리를 듣고,

"저런 망할 장님! 가뜩이나 눈이 멀어서는 남에게 악담한다. 나중에는 어찌 되겠냐고!"

(장님) "글쎄, 요놈아! 막대기 가져오너라! 앞 못 보는

사람의 지팡이를 가져가면 어찌하잔 말이냐!"

(아이) "욕을 하지 않았으니 도로 줄까? 바람을 보는 장님이 길을 못 찾아가나?"

맹인이 하도 어이가 없어 껄껄 웃으며,

"글쎄, 요놈아! 내가 바람을 본다고 했니? 바람이 대단히 분다는 말이었지."

(아이) "저 장님 보아라! 방금 말하고선 잡아떼다. '에ㅡ, 이 바람 보아라'고 하지 않았소?"

(장님) "오냐! 그리했다! 너는 바람을 볼 수 없더냐? 바람을 보려거든 나뭇잎을 보아라. 나뭇잎이 흔들리는 것이 즉 바람이다."

(아이) "그것은 어찌 보았소?"

(장님) "허허. 내가 요런 놈에게 시달림을 받아야 하나? 오늘 일진이 불길하더니 이런 일이 다 생기는군."

하고 아무쪼록 지팡이를 갖다주기를 바라면서 쓰윽 농담으로,

"왜? 나는 뭐 원래부터 못 본 줄 아느냐? 내가 너만 할 적에는 지팡이 없이 다녔는데 중간에 장난을 너만큼이나 쳐서 이 지경이 된 것이란다."

(아이) "저놈의 장님 보게. 은근히 나더러 욕하는 말이네. 생전에 지팡이를 주나 봐라!"

(장님) "글쎄, 요놈아! 지팡이 안 줄 것은 무엇이냐? 어서 이리 가지고 오너라! 남의 집에 안택경[2] 해 주러 가는 중이다. 때가 늦어지면 모든 일이 낭패다."

하면서 이같이 혹 달래도 보고 욕도 해 보아도 지팡이를 주지 않고 실랑이를 하는데 스무 살가량 된 청년 하나가 지나가다가 이 광경을 보고,

"여보시오, 장님. 왜 그러시오?"

맹인이 음성을 들으니 아이놈 음성이 아니고 어른의 음성이라 반가워 급히 대답을 했다.

"네, 누구십니까? 어떤 아이 녀석이 지팡이를 뺏어 가서 주지를 않습니다그려."

청년이 이 말을 듣더니 수작하던 아이를 보고 소리를 지르며 지팡이를 빼앗았다.

"요놈! 아이 녀석이 집안에서 글을 읽든지! 그렇지 않으면 혹 운동을 할지라도 정당하게 할 것이지! 그런 것도 하지 않고 앞 못 보시는 어른의 지팡이를 빼앗아? 아무리 교육을 못 받았다 하기로!"

아이가 지팡이를 가지고 섰다가 땅에다가 버리고 달아

---

[2] 안택경(安宅經) : 집안의 평안과 풍년을 기원하며 읽는 경.

나 버렸다.

청년이 친히 가서 맹인에게 지팡이를 집어 주며,

"에, 고얀 놈이로군. 어느 집 자식인지는 모르지만 아주 교육을 잘못 받았군. 여기 있소이다, 장님. 지팡이를 받으시오."

하니 맹인이 두 손으로 지팡이를 받으며,

"네, 대단히 고맙습니다. 누구신지요?"

(청년) "네, 나는 장 서방이오."

(장님) "장 서방이십니까? 제 성은 이씨입니다. 댁이 어디십니까?"

(청년) "내 집은 충청도 은진이오."

(장님) "네, 댁이 시골이시네요. 무슨 일로 서울에 오셨습니까?"

(청년) "과거를 시행한다 하기에 과거 시험 보러 왔소이다."

(장님) "예에ㅡ, 그러시면 변변치는 못하지만 이번에 과거에 급제하실지 점이나 한번 쳐드리지요."

(청년) "천만의 말씀입니다. 복채 낼 돈도 없는데 점이 다 무엇입니까?"

(장님) "아니올시다. 관계없습니다. 복채가 다 무엇입니까? 내 집이 여기서 멀지 않으니 잠깐 가시지요."

하고 청년을 굳이 청하는 것이었다. 청년이 속으로,

'내 평생에 맹인 점쟁이를 믿지 않았었는데 오늘 실없는 짓을 한번 해 볼까?'

하며 따라가니 약간 동쪽의 어떤 집 행랑으로 맹인이 들어가 앉았다. 그러더니,

"장 서방, 이름이 무엇입니까?"

(한응) "장한응입니다."

하고 생년과 월, 일, 시를 다 일러 주니, 맹인이 산통[3]을 내어 흔들고 한참 무슨 주문을 외우다가,

"허허, 참. 장 서방께는 내 지팡이 빼앗았던 아이가 은인이라 해도 옳은 말이오. 나를 못 만났다면 큰일 날 뻔했소."

장한응이 이 말을 듣고 속으로,

'저 사람이 무슨 허무맹랑한 소리를 하느라고 이리할까? 무엇이라고 하는지 들어나 보아야겠다.'

하고 매우 놀라는 체하며

"아-, 왜 그런 소리를 하시오? 무슨 악운이 있소?"

(장님) "악운도 보통의 악운이 아닌걸요. 참으로 하늘이 도우셔서 당신이 나를 만나게 하시었소."

---

3) 산통(算筒) : 맹인이 점을 칠 때 사용하는, 산가지를 넣은 통.

(한응) "무슨 악운이란 말이오?"

    (장님) "세 번의 악운인데, 한 번은 불에 타서 죽을 악운이고, 한 번은 물에 빠져 죽을 악운이고, 또 한 번은 형조에 범인으로 잡혀 죽을 악운인데 면하기가 대단히 어렵소. 그러나 복선화음(福善禍淫)4)은 하늘의 떳떳한 이치라. 불에 타서 죽을 악운은 마음을 정직하게 가지시면 자연히 면할 터이고, 물에 죽을 악운은 돈이 있어야 면할 것이고, 세 번째 죽을 악운은 면하기가 어렵소."

    (한응) "마음이 정직한 것은 나한테 있어서 면한다지만 돈이라든지 형조에 범인으로 잡히는 것은 어찌 면하겠습니까?"

    (장님) "두 가지 악운은 자연히 면할 터이니 염려 마십시오. 세 번째 악운은 내가 방어할 비단 주머니 하나를 드릴 터이니 행여 끌러 보시지 마십시오. 극도에 이르러 어찌할 수 없게 되면 비단 주머니를 나라에 바쳐서 의혹을 풀어 달라고 하면 자연스럽게 악운을 면하고 그 후로는 복록이 무궁할 것입니다."

---

4) 복선화음(福善禍淫) : 착한 사람에게는 복이, 악한 사람에게는 재앙이 내림.

하고 상자를 열고 누런 종이에 무엇을 그려서 비단 주머니에다가 넣어서 주며,

"눈먼 놈이 무엇을 알겠나 하며 허술하게 듣지 마십시오."

한응은 반신반의하며 비단 주머니를 받으면서,

"허술하게 여길 리가 있겠소? 대단히 고맙소. 이러나저러나 과거 급제는 할 수 있겠소?"

(장님) "과거 급제는 다시 두말하지 마십시오. 이번에 꼭 하십니다. 그러나 이번 과거 시험은 늦춰질 가능성이 높습니다. 나는 바빠서 가니 이 다음에 다시 한번 뵙겠습니다."

하고 맹인은 어디로 가 버렸다.

한응은 숙소로 돌아와 속으로 생각하기를,

'저렇게 허무맹랑한 놈도 있군. 나에게 무슨 일이 있어서 물과 불에 죽을 까닭이 있나? 그러나 내가 돈이나 있으면 돈 빼앗아 먹으려고 그런다지만 별 가진 것도 없는 나한테 저러는 것은 대관절 이상한 일이다. 우선 과거 시험이 늦춰지나 안 늦춰지나 두고 보아야 하겠다.'

하고 과거 시험일을 기다렸다. 그런데 과연 황자(皇子) 전하께서 천연두(天然痘)를 앓으셔서 다음 해 4월로 연기되는 것이었다. 한응이 소문을 듣고,

"허! 이 맹인 점쟁이가 허황된 말을 한 것은 아닌가 본데, 만일 맹인의 말이 이렇게 맞는 것처럼 다른 말도 맞는다면 내가 앞으로 세 가지 난을 겪는 것 아닐까? 에라! 공교롭게도 맞으려니까 맞은 것이지 앞 못 보는 맹인이 무엇을 알겠는가?"

하고 행장을 묶어 챙겨 은진의 자기 집으로 내려가 모친 김씨를 뵈었다. 김 부인이 한응에게 이번에 과거 시험이나 보고 내려오는 것인지 반갑게 물었다.

"한응이 다녀오느냐? 이번에 과거 시험은 어찌 되었니?"

(한응) "이번에 황자께서 천연두에 걸리신 까닭으로 내년 4월로 늦추셨어요."

(김 부인) "한번 왕래하는 데 돈이 얼마씩 드는데 공연히 경비만 쓴 게 되었구나. 아마 네가 출세할 운수가 늦게 터지는 모양이다."

(한응) "과거 시험을 본다고 반드시 급제한다고 할 수 있습니까? 다행히 급제가 되면 되는 것이고 안 되면 그만이지요."

(김 부인) "아암, 그거야 그렇지. 어찌 꼭 된다고 할 수가 있겠니? 그렇지만 또 경비가 든다 하더라도 내년 4월에 또 올라가 보아야지."

이렇게 하다 보니 무정한 세월이 물 흐르듯 흘러 그 해가 다 지나고 이듬해 3월이 되었다.

김 부인이 뜰 앞에 도화가 한창 잘 핀 것을 보고,

"얘, 한응아! 세월이 빠르기도 하다. 작년 같아서는 올해 4월이 언제나 될까 했더니 벌써 3월이 되어 복사꽃이 저렇게 피었구나. 그래. 올해에도 과거 시험을 보러 가려느냐?"

(한응) "갔다 오겠습니다. 이번에 또 늦추지는 않겠지요."

(김 부인) "그러면 어느 날쯤 가려느냐?"

(한응) "오는 스무날 즈음해 가겠습니다."

하고 스무날을 기다려 서울로 올라왔다.

한응이 나흘 만에 남대문에 당도하니 해가 서산에 떨어지고 땅거미가 지고 있었다. 그래서 조용한 주막집을 찾아 들어갔는데 남자는 없고 스무 살가량 된 여인이 있었다. 그 여인이 한응을 보고 언제부터 안면이 있었던 듯 반기며,

"이리 들어오십시오. 지금 가셔서 사대문 안에 들어가실 수나 있겠습니까? 이 집이 조용하니 주무시고 가십시오."

(한응) "네, 들어가지요. 저녁밥 해 두신 것 있습니까?"

(계집) "네, 있습니다."

하더니 한편으로는 건넌방을 쓸고 돗자리를 내어 깔며 눈웃음을 치고,

"이 건넌방으로 들어오십시오. 바깥방은 대단히 추해 못 주무십니다."

한웅이가 방으로 들어가 앉으며,

"주인아씨가 너무 이렇게 하시니까 대단히 불안하오."

(계집) "아닙니다. 별말씀을 다 하시네요. 이걸로 생계를 해 먹는 사람이니 그렇지요."

하고 저녁상을 가져다가 앞에 놓는데 비록 길 가는 나그네들을 위한 객줏집임에도 특별히 정결하고 소담스러웠다.

상을 물린 후에 여인에게 말을 걸며 묻는다.

"남편은 어디 갔소?"

여인이 또 눈웃음을 웃으며,

"네, 아까 나가서 아직 안 들어왔습니다. 오늘 또 어디서 노름을 하는 것이겠지요."

하며 방으로 들어와 앞에서 아름아름하며 춘정(春情)을 낚시질한다.

"이 방은 여러 날 불을 때지 않아 차가우니 안방에 가서 주무시지요."

한웅이 주인 여인의 눈치를 알고,

"방이 차갑다 해도 상관없소. 그러니 어서 건너가 주무시오. 주인이 들어오다가 보면 수상스럽게 생각할 것이오."

(계집) "주인은 오늘 들어오지 않을 건가 봅니다. 염려 마시고 안방에 가서 저랑 같이 주무세요, 응?"

한응이 정색하고,

"그게 무슨 소리요? 주인이 들어오든지 아니 들어오든지 간에 남녀가 유별한데 외간 남자를 보고 이같이 무례한 말을 한단 말이오?"

여인이 얼굴이 붉어지며,

"나는 좋은 뜻으로 방이 차니 안방에서 주무시라 한 것인데 무례한 말씀을 드렸다 하시니, 제가 무슨 무례한 말씀을 했단 말씀이오?"

(한응) "그러면 무례한 말이 아니면 무엇이오? 주인 양반도 없는데 무슨 까닭으로 안방에 가서 잔단 말이오?"

여인이 한응을 한참 쳐다보더니,

"이 양반이 보기에는 그렇지 아니할 듯한데 말은 아주 벽창호로군요. 한밤중에 사람 없는 집에서 남녀 단둘이 있으니 아무리 내 마음이 백옥 같다 해도 남이 그렇게 알겠소?"

이같이 부끄럼 반점도 없이 괴악한 마음을 먹고 염치 하나 없는 불한당처럼 실랑이를 했다.

좀처럼 허랑방탕한 위인 같았으면 여인이 이렇게 하기 전에 짐승 같은 마음을 먹고 먼저 말을 건네 보든지, 그렇지 않으면 곧 강간이라도 하려 드는 못된 행위를 하겠지만 글자나 배웠든지 교육을 조금이라도 받은 사람이면 결단코 짐승 같은 행위를 하지 않는다. 하물며 장한웅이야 성경현전(聖經賢傳)5)도 많이 보았을 뿐 아니라 집안 가풍이 무던한 터이니 어찌 이 여인에게 혹해서 짐승의 행위를 하겠는가? 그러니 마음을 더욱 가다듬으며 준절히 남으려 했다.

　　"여자라고 한다면 절행(節行)을 으뜸으로 삼아야 하는 법이다. 그대가 비록 이 일을 생계로 해 먹고 산다고 하지만 그래도 천한 색주(色酒)6)와 장사는 다른 것인데 어찌 이같이 추한 행위를 하려 드느냐?"

　　이 소리를 들으면 아무리 음탕한 여인이라 할지라도 부끄러운 생각이 없겠는가마는 이 여자는 어찌 된 여자인지 조금도 부끄러운 생각이 없이 더욱 눈웃음을 치며 더욱 더 못할 소리를 늘어놓으며 실랑이를 한다.

---

5) 성경현전(聖經賢傳) : 성현이 남긴 글.
6) 색주(色酒) : 젊은 여자를 두어 술과 함께 파는 집.

"아마 그대가 병신인가 봅니다. 병신이 아니라면야 나 같은 여자를 보고 이같이 점잖은 체할 수가 있단 말입니까?"

(한응) "허허. 내가 여기 있다가는 암만 해도 주인에게 의심을 받겠군. 진작에 여기서 나가는 것이 옳겠다. 여보시오, 주인아씨. 밥값이 얼마요?"

(계집) "밥값은 알아 무엇 하시려오? 내일 셈해도 될 것을."

(한응) "그러면 내일 와서 셈하리다."

하고 벌떡 일어나서 나오려 하니 여자가 이 거동을 보고 독이 머리끝까지 올라서 속으로,

'이놈을 그저 내보내면 이런 말을 사방에 가서 소문낼 거야. 그러면 나는 이 장사도 못 해 먹을 뿐 아니라 내 등에서 누린내가 나도록 서방에게 얻어맞겠지. 그러니 이놈이 대문을 나가기 전에 내가 소리를 외쳐서 나를 강간하려 했다고 해야겠다. 내가 소리를 치니 밥값도 안 주고 도망하려 한 것으로 하면 서방이 알더라도 나는 잘못이 없다고 생각하고 이놈만 난장을 쳐 놓을 터이니 분풀이도 되겠다.'

하고 소리를 지르며,

"이놈아! 밥값이나 주고 달아나거라! 내가 이런 장사를 해서 먹고산다고 업신여겨 남편 없을 때를 틈타서 강간하

려다가 일이 마음대로 되지 않으니까 밥값도 주지 않고 도망하려 드느냐?"

한응이가 몸을 피하려다가 천만뜻밖에 여인이 이같이 소리를 외쳐 대니 증거도 없는데 어디 가서 변명을 하겠는가? 마음에 황당해 어찌할 줄을 모르고 있는데 대문에서 기침 소리가 두어 번 칵칵 났다. 여인이 급히 마주 나가며,

"영감이오? 마침 잘 들어오십니다. 저녁때에 어떤 손님 하나가 들었기에 밥을 해서 주었는데 바깥방이 너무 추하니 다른 방을 치워 달라 했소. 행동을 보니 과히 상스럽지 않기로 건넌방을 치워 주지 않았겠소. 청보에 개똥[7]이란 말이 옳습니다. 외양은 그렇게 보이지 않았는데 영감이 어디 갔냐고 하기에 동네 마을 가서 아니 오셨다 했더니 흉악한 마음을 먹고 손목을 잡으며 저를 겁간하려 들었습니다. 제가 소리를 쳤더니 밥값도 주지 않고 도망을 하려 드니 그놈의 주리를 한바탕 틀든지 돈을 받고 보내든지 하시지요."

주인 남자가 이 소리를 반도 듣지 않고 안으로 바로 들어와 한응이를 잡아 앉히고 절을 하며,

---
7) 청보에 개똥 : 겉은 번드르르하나 속은 형편없이 추함.

"참—. 누구신지는 모르오나 천하에 황당하기 짝이 없을 듯합니다. 조금도 마음에 잘못 생각하지 마시옵소서. 저 여자가 이전부터 행실이 괴악한 줄은 알았으나 확실한 것을 못 보았다가 오늘 공이 집에 드시는 것을 보고 밖에서 엿들었습니다. 만일 공이 저 여자와 같이 희롱을 하시면 이 집을 불 질러 두 사람을 다 태워 죽이려는 마음이 들었습니다. 만일 공이 정직한 마음을 가지지 않으셨다면 어찌 오늘 화를 면했겠습니까?"

한응이는 주인 남자가 들어오는 것을 보고 마음에 무슨 봉변을 당하겠다 하고 있다가 주인 남자 들어와 이같이 하는 것을 보고 마음에 불행 중 다행이다 싶어,

"네, 댁이 주인장이오? 주인장이 다 들으셨다 하니 더 드릴 말씀이 없소. 그러나 오늘 댁에 들어와서 이같이 된 것은 다 나의 실수이니 안주인에 대해 조금도 불편한 말씀은 하지 마시고 차후로 단속만 단단히 하시오."

(주인) "아니올시다. 그런 계집년은 뜨거운 꼴을 당해봐야 하지요. 제 부인이 공에게 그렇게 했으나 공께서는 듣지 아니하시고 타이르셨습니다. 그런데도 회개할 생각은 하지 않고 도리어 공을 모함해 못된 사람으로 만들려 들었다는 그런 말씀 아닙니까?"

하고 여인의 머리채를 붙들어 내동댕이치며,

"이년! 너도 사람이냐? 사람 모양을 했으면 어찌 저런 양반을 못된 곳에다가 빠지시게 한단 말이냐, 응? 이년, 너 같은 년은 한 매에 쳐 죽여야지, 살려 두었다가는 이다음에 몇 사람을 더 구덩이에 박을지 알 수가 있나?"

하며 보이는 대로 들입다 두들겼다.

여인은 한응이를 애매하게 잡아서 저의 독풀이를 하려다가 천만뜻밖에 저의 서방이 밖에서 엿들었으니 입이 열둘이나 된들 무엇이라 하겠는가? 제 서방이 여인을 때릴수록 애고고 소리를 치며 앞뒤로 마구 악독을 피운다.

 "이놈아! 때려죽여라, 응? 이놈아! 너고 나고 간에 안 살면 그만이로구나! 응? 왜 때리니? 애고고, 이놈이 사람 죽인다ㅡ."

하고 여인이 악을 쓰는데 한응이가 서서 보다가 달려들어 주인을 잡으며,

 "여보, 주인! 이것이 무슨 버릇이오? 말로 해도 넉넉할 것을!"

(주인) "아니올시다! 이런 년은 하루 열두 시간 맞아도 행실을 못 고칩니다. 이년에게 분풀이나 실컷 해야겠습니다."

하고 말릴 사이도 없이 함부로 두들겨 패니 자연히 온 동네가 뒤집혔다. 앞집 뒷집 할 것 없이 집안에서 하나씩

둘씩 나와서는 겉으로는 말리는 체하고 속으로는 모두 통쾌하게 여겼다. 그러면서 이렇게 말한다.

"참, 상쾌하다! 그런 년은 죽여도 싸다. 만일 그 남편이 엿듣지 않았다면 애매한 사람 하나만 버릴 뻔했지. 에―, 천하에 고약한 년도 많구나."

남의 귀에 들리게는 하지 아니했으나 속으로는 다 각각 이같이 마음을 먹으니 어찌 선뜻 여자를 말리겠는가? 때리게 되면 한 번이라도 때릴 처지이니 어찌 선악에 공평함이 없겠는가? 이날 밤에 한 번도 눈을 붙이지도 못하고 서서 날이 밝는 것을 맞았는데, 여인은 반쯤 죽어 늘어져 있었다. 주인이 밖으로 나가더니 다 떨어진 가마를 가져다가 여인을 친정으로 쫓아 보내고서는 한응에게 무수히 사과를 한다.

"제가 아내를 잘못 둔 탓에 하룻밤 쉬어 가시려다가 욕만 보고 가시게 했으니, 불안한 마음을 어찌 다 말로 할 수 있겠습니까?"

(한응) "그런 말씀 다시 하시지 마십시오. 공연히 왔다가 댁에 풍파만 일으키고 가니 미안한 마음을 측량할 수 없습니다. 다만 아무쪼록 다시 사시기를 바랍니다."

(주인) "미안하다는 생각 때문에 하시는 말씀이겠지만 그 여인은 제가 장가든 사람도 아니고 잠시 만나 함께 살

앉던 사람일 뿐입니다. 그러니 조금도 미안해하지 마세요. 그런데 서울에는 어떻게 해서 오신 것입니까?"

(한응) "과거를 보려고 올라오는 길입니다."

(주인) "네, 그렇습니까? 저는 이 생활을 그만하고 사대문 안에 있는 제가 있던 집으로 도로 들어가려 합니다."

(한응) "사대문 안 어디요?"

(주인) "네, 저는 본래 재동 허 의정 댁 종이었습니다. 제가 들어 보니 허 의정 대감께서 이번 과거에 장원급제하시는 사람을 사위로 삼으신다고 합니다. 그러니 아무쪼록 장원급제하시기를 바랍니다."

(한응) "장원을 어찌 바라겠습니까?"

하고서는 주인과 작별한 후 사대문 안으로 들어왔다. 이때 마음속으로,

'허―, 작년에 만났던 장님이 한 말과 거의 똑같이 맞아떨어지는걸. 불에 타서 죽을 일이지만 그래도 마음만 정직하면 면할 것이라더니. 과연 마음이 불량했다면 화장을 당할 뻔했구나. 또 말하기를 물에 가서 빠져 죽기 쉽다 했으니 앞으로 어찌 될 것인가?'

하며 이제까지 지내던 숙소에서 계속 있기로 정하고 과거 시험일을 기다렸다.

하루는 울적함을 이기지 못해 진고개로 두루 산보를

다니다가 날이 저물게 되자 사동 여관으로 돌아오게 되었다. 사동에 들어가는 어귀에 당도하니 벌써 저녁을 다들 해서 먹고 혹 대문이 닫힌 집도 있고 아직 닫히지 않은 집도 있었다. 그런데 사동같이 큰 동네가 어찌 그리 고요하던지 하늘에는 별만 반짝반짝하고 땅에서는 여기저기서 개 짖는 소리만 컹컹 나고 있었다.

한응이 발을 바삐 움직여 급히 숙소로 향해 오는데 별안간 키가 범강장달이 같은[8] 놈 네다섯이 달려들어 이 말 저 말 없이 몸을 몰아 발이 땅에 닿지 않을 정도로 급히 내몰아 가니 한응이가 무슨 일인지도 모르고 벌벌 떨며,

"누구신데 별안간 사람을 이렇게 몰아가는 것이오?"

(그놈들) "가 보면 자연히 알지! 죽을 때 죽더라도 호강 한번 잘하는구나."

하고 어떤 집으로 데리고 들어가 한응을 방에다 들였다. 한응이 방에 앉아 정신을 수습하고 좌우를 돌아보니 방을 아주 새롭게 수리를 한 것 같았다. 각종 문방구며 의

---

8) 범강장달이 같다 : 키가 크고 우락부락한 모습을 표현하는 말. 범강(范彊)과 장달(張達)은 《삼국지연의》에 등장하는 인물인데, 자신들의 대장 장비를 죽였다.

상 도구들이 다 여기저기 흩어져 있고 괘종시계며 자명종은 여기저기서 재깍재깍하는데 아무리 보아도 신랑과 신부를 위해 꾸민 방인 듯했다.

대강을 말하자면 이 집은 김 판서 집이었다. 김 판서는 당시에 이조판서로서 부귀공명이 조야에 꺼릴 것이 없었다. 다만 슬하에 아들 하나가 없고 단지 딸 명하 소저를 두었다.

김 판서는 명하 소저를 금지옥엽같이 길러 사위 보는 재미나 보려 해 어디든지 용한 점술가가 있다 하면 예지력이 많고 적고를 따지지 않고 사주를 보았다.

그런데 한 점쟁이가 명하 소저의 사주를 보더니 입맛을 쩍쩍 다시고는,

"허-, 그 사주 참 이상하다. 오복이 다 갖추어져 장래에 부귀영화는 더 말할 수 없이 크지만, 큰일이 하나 있으니 이 일을 어떻게 모면하나, 응?"

김 판서가 앉아서 담배를 먹다가 이 소리를 듣고

"응? 사주가 어떻게 되었다고 그러는 것이오?"

(술객) "말씀드리기가 대단히 어려운 걸요."

(김 판서) "글쎄, 왜 그러시오? 사주를 볼 때에는 평생의 길흉을 알려고 보는 것 아니오? 그런데 좋은 말만 하고 흉한 말은 하지 않으면 차라리 사주를 보지 않는 것이 옳

지 않겠소?"

(술객) "암, 그렇지요. 다른 것이 흉한 것이 아니라 남자로 말하면 아내가 죽을 운수가 있으니 이런 딱한 일이 있습니까?"

판서가 이 말을 듣고 깜짝 놀라며,

"그러면 내 딸이 과부가 될 거란 말이오?"

(술객) "그렇단 말씀이지요."

(김 판서) "혹시 면할 수 있는 방법이 있소?"

(술객) "방법이 하나 있습니다마는 대단히 어려운 것입니다."

(김 판서) "어떤 방법이기에 어렵단 말이오? 돈 같은 것은 얼마나 들든 상관하지 않고 할 것이니 말을 해 주시오."

(술객) "돈은 들 것이 없습니다마는 사람 하나가 죽어야만 문제 될 것 없이 나쁜 운수를 떼고 아무 일이 없겠습니다요."

(김 판서) "사람 하나가 어떻게 죽어야 한단 말이오?"

(술객) "달리 죽는 것이 아니라 이렇게 하시면 됩니다. 처음에 가짜 신랑 하나를 만들어서 잠깐 신부와 같이 앉혀 두었다가 가짜 신랑을 즉시 물에다가 넣어 죽이면 이 나쁜 운수를 뗄 수 있습니다."

판서가 이 말을 듣고 한참 앉아서 무슨 생각을 하더니,

"허허, 그대의 말을 들어 보니 내 자식의 팔자가 그렇다고 해서 놀랍기는 놀랍소. 그렇지만 그 일을 어찌 차마 한단 말이오? 내 자식은 팔자가 사나워서 그렇게 된다고 하지만 따로 애매하게 죽는 사람은 누구란 말이오? 이는 도리어 재앙을 받을 짓입니다. 그러니 하지 않는 것이 옳습니다."

(술객) "그래서 대감께 즉시 말씀을 드리지 못한 것입니다. 그러나 대감 댁 소저를 위하신다면 차라리 미리 그렇게 예방하시는 것이 낫지, 만일 진정 그렇게 불행한 일을 보시면 어찌하시려고 그러십니까?"

(김 판서) "그대의 말도 그럴듯하오마는 내 자식 팔자 좋게 하려고 생사람을 죽인단 말이오?"

(술객) "대감의 말씀이 대단히 고맙습니다. 대감의 인자하신 마음 덕분에 예방을 아니하셔도 이 나쁜 운수를 면하겠습니다."

김 판서는 남자의 마음이라 예방하는 일이 불가할 줄 알고 거절했지만 민 부인의 마음은 그렇지 않았다.

이때 마침 민 부인이 소저의 사주를 본다는 말을 듣고 여자 종 옥섬이를 내어 보내 말을 엿듣고 오라고 했다. 그래서 옥섬이가 이 말을 듣고 섰다가 김 판서가 거절하는 소리까지 듣고 안으로 급히 들어오며,

"마님! 마님!"

(민 부인) "왜 그러는 거냐? 사주 보는 사람이 무엇이라 하더냐?"

(옥섬) "사주 보는 사람이 이리이리 말하는데 대감께서 그렇게는 못하는 법이라 하시고 거절하셨어요."

조선의 여인네들은 대갓집 여인이나 여염집 여인이나 성격이 어떠한가 하니 아이가 감기만 좀 앓아도 무당이나 점쟁이에게 해결 방법을 물어 돈을 쓰라는 대로 물 쓰듯 해서 경을 읽는다, 굿을 한다 하는 못된 성격이 있다. 그런데 하물며 아들도 하나 없고 다만 딸 하나만 있어서 불면 날까 쥐면 꺼질까 하는 따님 하나 둔 민 부인이야 말해서 무엇 하겠는가?

민 부인이 옥섬의 말을 듣고,

"그래. 대감께서 못하는 법이라 하시더냐?"

(옥섬) "네, 못한다고 하셨어요. 내 자식 팔자 좋게 하려고 남의 자식을 죽인단 말이냐 하시던걸요."

부인이 한참 앉아서 무슨 생각을 하더니,

"오냐! 그만두어라! 대감께 이런 말 들은 체하지 마라."

(옥섬) "네, 들은 체하지 않겠습니다."

하고 옥섬이는 소저의 방으로 가고 민 부인이 혼자 앉아서 무슨 궁리를 하는데 김 판서가 점쟁이를 보내고 나서 안으로 들어오더니 부인이 무슨 생각하는 눈치를 보고 웃으며 말한다.

"부인은 무슨 생각을 하고 계신 것이오?"

(부인) "생각이 무슨 생각이겠습니까? 도대체 명하의 사주가 어떻다고 합니까?"

(김 판서) "사주라는 것이 어디 있단 말이오? 공연히 할 말 없으니까 이러니저러니 그냥 하는 말이지."

(부인) "그렇기는 하지만요. 정말이든 거짓말이든 좋기는 하대요?"

(김 판서) "좋기는 매우 좋다고 합디다마는 누가 알겠소?"

판서는 이렇게 말하고 조복을 입고 대궐로 들어갔다. 그러자 부인이 옥섬을 다시 불러 앞에 가까이 앉히고,

"애, 옥섬아. 너는 전동 최 장님 집에 가서 조용히 사주 보던 사람의 말을 하거라. 그리고 그렇게 하는 것이 좋다 하거든 어느 날이 좋은지 물어서 날을 받아 오너라."

옥섬이가,

"네."

하고 소저의 방으로 돌아가서 옷을 갈아입는데, 소저가 《열녀전》을 보다가 옥섬이 옷 갈아입는 것을 보고 물었다.

"너, 어디 가는 거니?"

(옥섬) "네, 마님께서 전동을 다녀오라고 하셔서 갑니다."

(소저) "전동은 어디란 말이냐?"

(옥섬) "최 장님 집이랍니다."

(소저) "최 장님 집은 무슨 일로 별안간 간단 말이냐?"

(옥섬) "다른 일로 가는 것이 아니라 소저의 일로 갑니다요."

(소저) "왜? 내 일로 간단 말이냐?"

(옥섬) "무슨 일인고 하니 사주 보는 사람이 이렇게 이렇게 말했는데 대감께서는 말씀도 아니하셔서 제가 듣고 마님께 말씀드렸어요. 그랬더니 마님께서 사주 보는 사람에게 가서 물어보고 오라고 하시네요."

소저가 이 말을 듣더니 두 뺨에 붉은 기운을 띠고 앉아 있다가 옥섬이를 다시 쳐다보고,

"애, 옥섬아! 최 장님에게 갈 것 없다. 나와 같이 마님께 가자."

(옥섬) "마님께 가시면 어찌하시려고 하십니까? 공연히 소인네만 입이 가볍다고 꾸지람만 듣게요."

(소저) "아니다. 염려 말고 가자. 마님도 망령이시지. 그게 무슨 짓이란 말이냐? 내가 못하시게 해야겠다."

(옥섬) "다른 일은 모르겠습니다마는 이런 일이야 어찌

못하시게 하겠습니까?"

(소저) "아무리 규중에 있는 여자라고 해도 어찌 이런 일을 하시게 한단 말이냐?"

하고 옥섬을 데리고 부인께로 가니 부인이 소저와 옥섬이 같이 오는 것을 보고 속으로,

'저년이 또 애기한테 말을 했나? 만일 했으면 마음이 사내 녀석 같아서 내가 하려는 일을 못하게 하겠지? 그렇지만 아무리 네가 못하게 한다 해도 소용이 있겠니? 내가 하려 하면 하는 것이지.'

하고 눈치를 알고 있었다. 소저가 앞에 와서 살며시 앉으며,

"어머님, 옥섬이를 무슨 일로 최 장님에게 보내시는 것입니까?"

(부인) "왜? 그것은 알아 무엇 하니? 어른이 하는 일을."

(옥섬) "소저께서 하도 심히 물어보시기에 바로 이야기를 했습니다."

(부인) "애, 아가, 왜 옥섬이에게 듣고서는 또 나에게 물어보는 거니?"

(소저) "어머님 하시는 일이 도대체 망령된 것입니다. 사람이라 하는 것은 길흉화복을 다 자신이 만드는 것입니다. 지공무사(至公無私)[9]하신 하느님이 선한 자는 복을

주시고 악한 자는 화를 주시어 조금도 편벽됨이 없는데, 어찌 사람이 하늘이 하시는 것을 능히 제어하며 만들겠습니까? 사주 보던 사람이 한 말과 제 인생이 같다면 그것도 소녀의 팔자요, 아니 된다면 그것도 소녀의 팔자입니다. 어찌 팔자를 피해 도망하겠습니까? 만일 그렇게 하면 도리어 화를 만드는 것이오니 널리 생각하시어 망령된 일을 하지 마옵소서."

부인이 이 말을 듣고 한참 앉아서 담배만 퍽퍽 빨아 먹더니,

"오냐! 네 말도 그러할 듯하다마는 사람이 뜻밖에 횡액도 없다 할 수 없느니라. 이런 일은 내가 다 알아서 할 것이니 너는 부당한 참견하지 말고 가서 있거라! 네가 만일 못하게 하면 내가 죽어 이 꼴 저 꼴 안 보겠다."

부인은 소저가 또 무엇이라 할까 해서 아주 이같이 말을 하니 소저가 다시 무슨 말을 하려다가 죽겠다 하는 소리에 다시는 말을 못하고 일어서며,

"어머님, 깊이 생각을 하십시오."

하고 방으로 돌아와 생각했다.

---

9) 지공무사(至公無私) : 매우 공정해 사사로움을 추구하지 않음.

'어머니 성미에 기어코 하실 터이니 나는 그 사람을 반드시 살려 보낼 도리를 마련해야겠다.'

소저가 이같이 마음을 먹고 있는데 부인은 옥섬이를 최 장님 집으로 보내 물어보니 최 장님은 이런 자리를 얻지 못해 안달하던 차에 이 소리를 들으니 귀가 번쩍 뜨였다. 바로 산통을 내어 점을 쳐서 보더니,

"허허, 참. 그 사주 보던 사람이 용하오."

(옥섬) "어른이 아니고 아이오니 말씀을 낮추어 하십시오."

장님이라는 것이 음흉하기로는 유명한 사람들이다. 아이라는 말을 듣고 선웃음을 껄껄 웃으면서,

"응. 아이야! 나는 어른이다. 너는 이름이 무엇이냐?"

(옥섬) "옥섬입니다."

(장님) "옥섬아, 이 앞으로 가까이 앉아서 자세히 들었다가 정경부인께 똑똑히 여쭈어라."

(옥섬) "네, 염려 마시고 어서 일러 주십시오."

(장님) "참, 사주 본 사람이 참 용하다! 사주 본 사람 말과 같이 가짜 신랑 하나를 죽이고, 또 돈 천이나 들여서 안택경을 읽든지 명당경[10]을 읽든지 해야 좋겠다고 가서 여쭈어라. 또 날짜는 어느 날이 좋은가 하는 것은 4월 2일이 좋다고 여쭈어라, 응? 옥섬아, 자세히 들었니?"

(옥섬) "네, 자세히 들었습니다. 안녕히 계십시오."

하고 부인에게로 왔다. 부인이 옥섬이 오기를 기다리다가 옥섬이 오는 것을 보고,

"이제야 오느냐? 그래, 장님이 무엇이라고 하더냐?"

옥섬이가 최 장님이 했던 말을 하나도 빼놓지 않고 모두 고했다. 부인이 옥섬의 말을 듣고 날짜를 계산해 보더니,

"옳다! 그날은 대감께서 대궐에 번을 드시는11) 날이다."

하고 돈을 내어 장님 점쟁이에게 보냈다. 그리고 한편으로는 하인들을 시키기를, 밤중에 나가서 어떤 사람이든지 아이든 어른이든 젊은 사람으로만 잡아 오라고 했다.

그런데 마침 이날 장한웅이 붙들린 것이었다. 한웅이 잡혀 와서 방에 앉아 동정만 살피는데 소저 하나가 들어와서 윗목에 가서 앉았다. 소저가 한웅을 쳐다보고 얼굴에 붉은 기운을 띠고서는,

"규중 여자임에도 이렇게 먼저 말씀드리는 것은 여자의 행실이 아니겠지만 어쩔 수 없이 먼저 말씀드리는 것이니 잘못이라 꾸짖지 마시옵소서. 보아하니 평민은 아니고 시

---

10) 명당경(明堂經) : 사는 곳이 명당이기를 바라며 읽는 경.
11) 번을 들다 : 일을 할 차례가 되어 일하는 곳으로 감.

골 선비 같으신데 댁이 어디신지 실로 가여운 일이옵니다."

한응이는 무슨 영문인지도 모르고 앉았다가 열여섯 살쯤 된 절세미인이 들어와 이같이 말하는 것을 듣고 자세히 살펴보니 아직 시집가지 않은 여자아이였다.

한응이 자리를 고쳐 앉으며,

"네, 나는 은진 사람으로서 과거를 보러 왔소. 그런데 별안간 이런 일을 당해 꿈인지 생시인지 알 수가 없으니 웬일이오?"

(소저) "이것저것 아실 것 없소이다."

하고 옷장을 열더니 금 한 덩이를 꺼내 주었다.

"금이 있으면 귀신도 부린다고 하는 말이 있습니다. 그러니 당신을 물에 넣으려 할 때에 하인들에게 이 금을 주어 생명을 구해 보십시오."

한응이 이 말을 들으니 어이가 없어 금을 받아 넣고 앉았다가,

"여보시오. 나를 물에다가 넣는다니 무슨 까닭이오? 좀 알기나 하고 죽읍시다."

(소저) "그것은 아실 것 없지요. 금으로 인정이나 베풀어 보십시오."

(한응) "그러면 이 집은 누구의 집이오? 집이나 좀 압시다!"

(소저) "집을 못 가르쳐 드릴 것은 없습니다마는 구태여 집을 아실 것도 없소이다."

하고서는 밖으로 휙 나가는 것이었다. 다시 말을 물어볼 사이도 없어 방만 휘익 돌아보며 맹인 점쟁이 생각을 하고 그 말대로 맞아 들어가는 것이 신통해서 속으로,

'아마 그 장님이 보통 사람은 아니었던 것이로군. 어찌하면 이같이 꼭 들어맞을까? 물에다가 넣는다니 그것은 겁나지 않는다. 내가 일찍이 헤엄치는 법을 알고 있으니 설마 죽겠는가?'

하며 이같이 마음을 단단히 먹고 있었다.

그런데 한응을 잡아 왔던 하인들이 달려들어 한응을 밖으로 잡아내어 가더니 큰 궤짝에다가 넣고 자물쇠로 잠그는 것이었다. 하인들 여럿을 당할 힘이 없어 꼼짝없이 궤짝 속으로 들어간 한응이 생각해 보니 아무리 헤엄을 친들 어찌 살기를 바라겠는가? 속으로 기막힌 심정은 이루 말할 수 없었지만, 다행히 금을 갖고 있는 것만 믿고 동정을 살피고 있었다. 그런데 메인 채로 얼마쯤 가다가 길에서 소리를 지르고 싶었으나 그놈들이 무슨 짓을 할지 몰라 참고 있었는데 한참 만에 그놈들이 서로 지껄이며 궤짝을 내려놓았다.

"휘―, 더워! 용산이 이렇게 멀까? 혼자 몸으로 오는 것

보다 대단히 힘드네. 에그! 저 물 보아라."

하더니 앉아서 쉬며 담배를 먹는 모양이었다.

한응이 궤짝 속에서,

"여보시오, 이 양반들! 내 말 좀 들어 보시오."

한 놈이 있다가,

"허, 참! 가엾은 일이오. 무슨 말이오? 할 말 있거든 하시오."

(한응) "이 일이 무슨 일이오? 좀 알고나 죽읍시다."

(그놈) "죽을 사람이 골똘히 알아 무엇 하겠소? 알아본들 속만 더 답답하지."

(한응) "죽을 때 죽더라도 좀 알고 죽읍시다그려."

(그놈) "알아 소용없소."

(한응) "정 가르쳐 주지 않으려거든 이것이나 나누어 가지시오."

(그놈) "그것이 무엇이란 말이오?"

(한응) "나에게 금 한 덩이가 있으니 가져다 쓰시오. 죽는 사람이 금을 가지고서 무엇을 하겠소?"

그놈들이 금이 있다는 말을 듣고 저희끼리 공론을 한다.

"여보시오. 사실 죽는 사람이 금은 갖고 무엇을 하겠소? 그것은 우리나 씁시다그려."

(한 놈) "열쇠가 있어야 궤짝을 열지 않겠나?"

(한 놈) "진짜로 금이 있다면 깨뜨리지, 어려울 것 있겠는가?"

(한 놈) "단단히 물어보고 궤짝을 깨뜨리세."

하고 앞으로 오더니 궤짝을 탁탁 치며,

"여보시오, 정말로 금이 있소? 만일 궤짝을 깨뜨렸다가 금이 없으면 곧 박살을 내고, 금이 있으면 살려 보낼 터이니 똑바로 말하시오."

(한응) "네! 정말로 금이 있으니 궤짝을 깨뜨리고 보시오."

그놈들이 이 말을 듣고 궤짝 문을 부수고 한응을 끌어내며,

"어디 있소?"

하고 불한당 무리같이 한응을 가운데에다 세우고 네 놈이 쭉 둘러서는 것이었다. 한응이가 급히 주머니에서 금을 내어주며,

"자-, 보시오. 이것이 금이 아니오?"

그놈들이 진짜로 금을 보게 되니 입이 떡 벌어져서 금을 받아 들고서는 또 공론하느라 부산했다.

"금을 우리가 가지긴 가졌지마는 살려 보냈다가는 우리가 큰 꾸중을 듣게 되는 것 아닐까?"

(한 놈) "걱정은 무슨 걱정인가! 우리 넷이서만 입 밖에

내지 않으면 그만이지."

(한 놈) "우리 넷만 입 밖에 내지 않는 게 무슨 소용이 있나? 저 사람이 말을 하면 자연히 소문이 나지!"

한응이 이 말을 듣고 얼른 변명하며 말했다.

"아-, 여러분이 살려 주시는 덕이 태산 같은데 이런 말을 어디 가서 한단 말이오? 나는 바로 시골로 가겠소."

그중에 늙은이 하나가 있다가 앞으로 썩 나서며,

"여보게. 우리들이 나중에 꾸중 듣는 것을 겁내서 금을 뺏고 또 그 사람을 죽인단 말인가? 그것은 도저히 의리가 아닐세!"

하고 한응을 돌아보며,

"여보시오. 공연히 서울에 있지 말고 바로 고향으로 내려가시오. 만일 서울에서 다시 만나면 우리가 가만히 두지 않을 테요!"

(한응) "네, 서울에 있을 리가 있겠소? 이 길로 즉시 시골로 가겠소."

바로 죽을죄나 지었다가 사함을 입은 것이나 다름없었다. 한응이 이같이 말을 하고 뒤도 돌아보지 않고 훤히 보이는 길을 가며 속으로,

'허허! 세상에 이런 맹랑한 일도 있구나. 내가 겪은 이것이 꿈인가 생시인가? 생시 같으면 그 집이 누구 집인지

좀 알았으면 얼마나 좋을까? 누구 집인지를 모른다면 그놈의 얼굴이라도 알았더라면 좋을 것인데. 캄캄한 밤중이라 음성만 들었으니 알 수가 없고 단지 아는 것이라고는 그 집 방밖에 없으니 방만 들어가 보면 알 것이요, 여인은 보았다 해도 기억이 어렴풋하니 알 수가 있나?'

하며 얼마를 왔던지 사방에서 닭이 홰를 치고 꼬끼오 소리가 서너 차례 나더니 동쪽에서 주먹 같은 큰 별이 솟으며 사람을 알아보기 좋을 만했다.

한 문에 당도해 쳐다보니 돈의문(敦義門)이라 쓰여 있었다.

'허―, 내가 어디로 돌아왔기에 이리로 왔을까? 아까 그놈의 말이 용산이라 하던데 결국 아까는 남대문으로 나갔으렷다. 어찌하던지 숙소로 가야겠다.'

하고 숙소를 찾아오니 주인이 벌써 일어나 나와서 대문 앞을 쓸다가 한웅이 오는 것을 보고 깜짝 놀라며,

"아, 서방님, 엊저녁은 어디 가서 주무시고 이 새벽에 오십니까? 젊으셔서 공연히 객회(客懷)를 풀러 다니시는 것입니까? 젊고 젊으신 양반이 몸조심하셔야 합니다."

(한웅) "별말씀을 다 하시는군요. 나를 어떻게 보기로 그럴 사람으로 보는 것이오? 어제 산보를 갔다가 우스운 상황을 당하고 이제야 오는 걸요."

(주인) "무슨 일을 당하셨어요?"

(한응) "차차 아시면 되지요. 이렇게 급히 아실 것 없소이다."

하고 방으로 들어가 드러누워 가만히 생각해 보았다. 하지만 아무리 생각해 보아도 그 집이 어디쯤인지 알 수가 없었다. 이내 이런 생각들을 누르고 한잠을 자고 나니 어찌 생각해 보면 꿈같기도 하고 어찌 생각하면 생시 같기도 했다.

아침밥을 먹은 후 의복을 다시 갈아입고 밖으로 나와 사방을 돌아보다가,

"에라! 내 어제 잡혔던 데는 알고 있으니 그리로 가서 형편을 보아야겠다."

하고 사동 어귀로 왔다.

그렇지만 아무리 형편을 본들 별안간 사직동 김 판서 집으로 정신을 차릴 사이도 없이 몰려왔다가 궤짝에 담겨 용산으로 나갔으니 어찌 알겠는가? 입속으로,

"에라, 그만두자. 알면 무엇 하겠나? 다행히 살았으니 그만이지. 그러나 그 처녀는 도리어 나에게 은인이라고 할 수도 있지. 아무 때라도 한 번만 보았으면 그 얼마나 좋겠는가!"

하고 숙소로 돌아와서 이후로는 공부를 복습하며 과거

보는 날을 기다렸다. 어느덧 4월 15일이 되니 이날이 바로 과거 보는 날이었다.

사방에서 선비들이 구름 모이듯 하니 춘당대[12] 앞뜰이 인산인해(人山人海)를 이루었다. 각기 평생의 재주를 쓰는데, 모두 문제를 보고 글을 지어 바치고는 방을 기다리고 있었다. 날이 이슥한 후에 어디선가 소리쳐 부르는 소리가 들렸다.

"장원급제한 장한웅이 누구요?"

하니 장한웅이 이 소리를 듣고 속으로 생각하기를,

"혹시 나와 이름이 같은 사람이 있나? 이 많은 사람 중에 내가 장원하기를 어찌 바라겠는가?"

하고 진작에 대답을 하지 않고 있는데 또 외치는 소리가 들린다.

"충청도 은진 사는 장○○의 아들 장한웅이 누구요?"

하거늘 이때에야 비로소 자기가 틀림없이 확실한 줄 알고 앞을 헤치고 나서며,

"네, 내가 장한웅이오."

하니 그 호명하던 자가 앞을 인도해 임금님 앞에 엎드

---

[12] 춘당대(春塘臺) : 과거를 시행하던 곳으로 창경궁 안에 있는 대(臺).

리니 임금이 한응을 불러서 만나 보시고 사람됨을 못내 칭찬하셨다. 그리고 당장에 임금이 신래(新來)13) 한응에게 한림을 제수하시니 만조백관(滿朝百官)14) 중 누가 칭찬하지 않겠는가?

이때 김 판서가 장한응의 사람됨이 범연치 않음을 알고 임금님께 나아가 엎드려 아뢰기를,

"이번에 장원급제한 사람은 소신이 사위로 삼겠사오니 특별히 허락해 주시옵소서."

임금이 아뢰는 것을 들으시고 흔연히 허락하려 하시는데 우의정이 또 아뢰기를,

"이번 장원은 소신이 사위를 삼겠사오니 신에게 허락해 주시옵소서."

임금이 웃으시며,

"그대 두 사람이 이같이 말을 하니 누구에게는 허락하고 누구에게는 허락하지 아니할 수 있겠는가. 좋은 수가 있으니 짐이 하라는 대로 하라."

하시고 종이를 접어 두 개를 던지셨다. 허 의정과 김 판

---

13) 신래(新來) : 새로 과거에 급제한 사람.
14) 만조백관(滿朝百官) : 조정의 모든 대신들.

서가 각기 하나씩 집어 펴서 보았는데 김 판서가 공을 집은 것이었다.

임금이 보시고 용안(龍顏)15)에 웃음을 머금으시며 김 판서를 보시며,

"그대의 여식이 지금 몇 살인가?"

(김 판서) "지금 열여섯 살이옵니다."

임금이 허 의정을 돌아보시고

"그대의 여식은 몇 살인가?"

(허 의정) "지금 열일곱 살이옵니다."

임금이 김 판서를 돌아보시고

"세상일에 범연한 것은 없다. 그대의 여식은 한 살 더 어리니 내년쯤 혼인을 해도 좋겠고 허 의정의 여식은 올해를 지나면 혼인 적기를 지나게 될 것이라서 이렇게 되었으니 조금도 섭섭하게 생각하지 마시오."

김 판서가 또다시 절을 올리며,

"위에서 하시는 일이오니 어찌 섭섭하다 하겠습니까?"

하고 물러섰다. 그렇지만 어찌 섭섭하지 않겠는가! 집으로 돌아와 민 부인을 보고,

---

15) 용안(龍顏) : 임금의 얼굴을 높여서 표현하는 말.

"허ー, 이번에는 기어코 사위를 보려고 했더니 이리이리해서 허 의정이 사위를 삼았다오."

(민 부인) "사람은 어떠한가요?"

(김 판서) "은진에서 온 사람인데 출중하게 생겼습디다."

(민 부인) "어찌했든지 간에 애기가 혼인할 길년(吉年)은 늦게 트인 것인가 봅니다."

하고 서로 섭섭해했다.

이때 허 의정이 장한응을 청해 자기 집으로 같이 갔다. 그리고 사랑에다 앉히고 안으로 들어가며 부인 이씨를 보고,

"여보, 마누라! 이번 과거에 장원급제한 장한응이 이리이리해서 내 사위가 된 것 아니겠소?"

하니 이 부인이 이 말을 듣고 반기며,

"참 잘되었습니다. 올해를 또 넘기고 나면 아주 혼기를 놓쳐 버리게 될까 하고 무수히 걱정했었는데 아마 올해가 혼인할 길년인가 봅니다."

하고 못내 좋아했다. 그리고 소저 옥화를 불러 앞에 앉히고 등을 어루만지며,

"너로 인해 매일 자나 깨나 걱정이었는데 오늘에야 마음이 놓이는구나."

웬만한 여자 같았으면 이런 말을 들을 때 이마를 숙이기도 하며 부끄러워하는 태도를 보이련마는 이 소저는 어찌 된 소저인지 얼굴에 조금도 꺼리는 빛이 없이 말을 물어본다.

"무슨 일로 걱정을 하세요?"

부인이 소저가 묻는 소리를 듣고 깔깔 웃으며,

"무슨 일이 무엇이냐? 네 나이가 지금 17세가 아니냐? 좋은 신랑감이 없어 항상 걱정했는데 이제야 얻어서 걱정이 없다는 말이다."

(소저) "저는 그리로 시집가기 싫습니다. 그 사람의 마음이 어떠한지도 모르고 단지 이번에 장원급제한 것으로만 인연을 삼아 결혼을 하다니요."

부인이 이 말을 듣고 어이가 없어서 앉았다가 괘씸한 생각이 나서 소리를 질러 꾸짖는다.

"애! 네가 그게 무슨 소리냐 응? 여자아이로서 혼사에 대해 '싫소'라니! 에−, 고약한 소리를 다 듣겠군."

소저가 이같이 꾸짖는 소리를 듣고 이 말 저 말 없이 벌떡 일어나 자기 방으로 가서 무슨 생각인지 골똘히 하며 밤 되기를 기다리는 것이었다.

소저가 있는 방은 즉 후원 별당이라.

허 의정이 저녁에 한 번씩 다녀가고 나면 소저는 아무

도 없이 혼자 방에 있는 듯 보였다. 그러나 자정 종 칠 때쯤 되면 흉악하고 망측한 일이 있었는데 집안사람들은 전혀 모르고 있었다.

이때 소저가 혼인을 정했다는 말을 듣고 무슨 생각인지를 하고 누구를 기다리는데 밤이 이슥해지니 어떤 놈이 후원의 담을 넘어 들어왔다. 소저는 별당에 나와 손을 마주 잡고 마루로 올라앉더니 소저가 눈물을 흘리며,

"여보, 이 일을 어찌하면 좋소?"

(그놈) "글쎄, 나도 그 소리를 듣고 왔는데 어찌하면 좋을꼬?"

(소저) "내가 싫다고 할 수는 없고 이 일을 어찌하면 좋단 말이오?"

(그놈) "싫다고 할 수는 없으니 이 길로 둘이 도망할까?"

(소저) "도망하면 먹고살 도리가 있소? 내가 혼인하는 체하고 있다가 혼인하는 날 밤에 이러이러해서 나갈 것이니 기다리고 있으시오."

(그놈) "오냐, 그러면 내가 저 담 밖에서 기다리고 있을 것이니 신랑이 잠든 틈을 타서 나오너라."

하고 이날 밤을 서로 지내고 혼인날만 기다리고 있었다.

그런데 허 의정이 딸의 행위는 전혀 모르고 마음에 기꺼워 하루바삐 성례하고자 해서 날을 택하니, 5월이나 6

월은 더워서 좋지 않고 불가불 4월로 해야 하는 것이었다. 날짜가 촉급하나 부득이 4월로 택일을 했는데 25일이 제일 좋아 장 한림에게 혼인 날짜를 전했다.

한응이 이 말을 듣고 가만히 생각해 보니 자기 모친을 모시어 올라온 후 성례를 올리는 것이 옳을 듯해서 말했다.

(한응) "대인께서는 하루가 바쁘다 하시지만 저는 불가불 제 어머니를 모시고 올라온 후에 성례를 올리고자 합니다. 그러니 그렇게 아시고 날짜를 물리시기 바랍니다."

(허 의정) "너는 자식 된 도리로 그래야 할 듯하다마는 다음 달이 5월이라. 이달이 지나고 나면 7, 8월이나 되어야 성례를 할 수 있을 터이니 너는 다시 두말 말고 나 하는 대로 해라. 네 어머니의 꾸지람은 들어도 내가 들을 것이니 그리 알고 기별이나 해라."

(한응) "7, 8월에 해도 좋사오니 7, 8월로 물리옵소서."

(허 의정) "어, 이 자식, 너는 가만히 있어! 내가 다 알아서 할 것이니."

하고 기어코 그날로 정했다. 그러니 한응도 어찌할 수 없어 그날로 은진에 기별했다.

덧없는 세월이 흘러 불과 열흘밖에 남지 않으니 얼마나 지나 혼인날이 되겠는가.

어느새 25일이 되었다. 일반 백성의 조그마한 집에서

도 혼인을 하면 일가친척이라든지 이웃 마을 아는 사람들이 구경하느라고 집안이 터지도록 모여드는데 하물며 허 의정이 새로 장원한 장한웅을 사위 삼는 날은 어떻겠는가. 뿐만 아니라 임금이 순서 정하는 제비까지 뽑게 하셔서 김 판서는 공을 집어 허 의정에게 사위를 빼앗긴 혼인날이라 하니 어느 누가 구경 한번 하지 아니하려 들겠는가? 일가친척이며 이웃 사람들, 거리가 멀든 가깝든 상관없이 모인 구경꾼들이 넓고 넓은 집안이 툭 터지도록 가득해 어깨를 서로 비비면서도 신랑과 신부를 누가 아니 칭찬하겠는가마는 아깝다, 신부여! 속담에 있는 말로 '청보에 개똥이요, 빛 좋은 개살구라.' 어찌 애석하지 아니할까? 중천에 있던 해가 서쪽으로 기울어져 길마재로 넘어가며,

"여러분, 평안히 주무십시오. 내일 또 만납시다."

하는 듯 아주 넘어가는데 구경꾼도 역시 날이 저무는 것을 보고 각기 인사를 하고 집으로 돌아갔다.

저녁 식사를 마친 후 신랑 신부가 후원 별당에 드니 신랑 신부의 외양은 진실로 봉황의 짝이었으나 신부의 무한한 속이야 누가 알겠는가?

이때 신부가 일가친척이라든지 동네 구경꾼들이 신랑을 칭찬하는 소리를 듣고 속으로 별생각이 다 들었다.

'신랑이 어떠하기에 이처럼 칭찬할까? 얽매이는 것이

없다면 눈을 뜨고 신랑을 좀 보았으면 좋겠다. 황씨와 비교해서 어떠할까?'

하며 궁금증이 나서 안달하다가 신방에 들어 가만히 머리를 들고 잠깐 신랑을 보니 늠름한 위인이 진실로 각종 동물 중 기린이요, 온갖 날짐승 중 봉황이요, 사람들 중 영웅이었다. 한번 보니 마음에 기뻐 속으로 딴생각을 한다.

'내 참 세상에 황가 같은 위인이 또 없을 줄로 생각했었는데 오늘 신랑을 보니 황가는 실로 똥만도 못하다 해도 과언이 아니구나. 내가 비록 황가와 약속은 했으나 오늘 맞은 이 같은 신랑을 배반하고 황가를 좇겠는가? 예전의 일이 후회막급이로다.'

이같이 생각이 들어 가니 황가가 도리어 미운 생각이 나니 또한 걱정이 생긴다.

'내가 예전에 황가 놈과 그렇게 좋아하고 또 약속까지 했는데 만일 내가 나가지 않으면 놈이 그런 소문이나 내지 않을까? 소문이 나고 보면 우리 부모가 곧 약사발을 내리실 텐데. 그러고 보면 나는 황가하고도 못 살고 못된 죽음을 당할 것이니 어찌 원통치 아니할까? 아니야, 황가가 그런 소문을 내지는 못하지. 저부터 죄를 당할 테니까 감히 그런 말은 못 하겠지. 그런데 분명히 지금 담 앞에서 기다리고 있겠지. 놈이 기다리다가 내가 나가지 않아 버리면

저도 생각을 하고 끝내는 가겠지.'

 이같이 이렇게도 생각을 해 보고 저렇게도 생각을 해 보는데, 황가를 누가 죽여 없애 주었으면 그만큼 상쾌한 일이 없을 듯했다. 그리고 신랑을 곁눈으로 볼수록 흠모하는 마음이 간절해 곧 달려들어 잡고 싶은 생각이 나지만 차마 그렇게 하지는 못하고 신랑이 먼저 건드리기만 바라면서 천연히 앉아 있으나 어찌 그 행동을 아주 감출 수 있겠는가!

 한웅이는 앉아서 담배를 먹으면서 신부를 보니 얼굴에 조금도 부끄러운 빛이 없고 자기를 자주 곁눈질하며 보는데 그 거동이 자연히 이상해 보이는 것이었다. 속으로,

 '괴상하다. 규중 여자로서 오늘 같은 날은 부끄러워하는 태도가 있을 터인데 조금도 부끄러워하는 기색이 없으니 웬일인고? 신부의 나이가 많아서 그렇단 말인가? 별일이로군!'

 하고 저절로 동침할 마음이 없으니 또 생각한다.

 '내가 조상님 사당에 고하지도 아니하고 이같이 장가를 갔으니, 어머니께서 올라오신 후에나 첫날밤을 치를 것이다.'

 하고 신부의 옷만 벗겨 눕히고 자기는 옷을 입은 채 드러누웠다.

신부가 이 거동을 보고,

'아마 오늘 하루 종일 사람들 앞에 보이느라 곤해서 그리하는 건가?'

하며 기다리다가 이내 잠이 들었다.

한응이 신부가 잠이 든 것을 보고 다시 일어나 앉아 담배를 피우는데 모친 생각이 났다. 속으로 혼자 하는 말이,

'어머님을 모시고 올라온 후 혼인을 했더라면 좀 좋았을까!'

하고 앉아 있다가 뒤가 마려워 오니 일어나 등불을 켜서 뒷간으로 갔다.

이때 황가 놈이 신부와 약속을 단단히 하고 담 밖에서 나오기를 기다리고 있는데 나오겠다고 하던 때가 지나고 또 한 시간이 지나도록 신부가 나오지 않고 있었다. 그러고 있은 지 얼마 만에 신발 소리가 나니,

'옳다! 이제야 나오나 보다. 아까는 신랑이 잠이 들지 않아 못 나왔던 것이로군.'

하고 담 밖으로 수건 끝이 넘어오기를 기다렸다. 그런데 사방팔방에서 닭이 홰를 치며 우는데도 움직이는 기미가 없었다. 그러니 속에서 알 수 없는 화가 열 길이나 나며 악독한 마음이 들어간다.

'옳지! 이년이 신랑인 장가 놈을 보고 인물이 뛰어나니

까 마음을 달리 먹은 것이로군. 네가 나와 관계를 맺지 아니했으면 모르거니와 나와 살자고 찰떡같이 언약해 놓고서는 배반하다니!'

하더니 바로 담을 넘어와 북창으로 엿보았다. 그랬더니 불은 캄캄하게 꺼졌고 아무 기척도 없었다. 황가 놈이 속으로,

'아마 연놈이 잠이 든 것이로군.'

하고 허리에 찼던 단도를 빼어 들고 문을 가만히 열고 들어섰다.

이때 이런저런 이야기를 하다가 겨우 신랑, 신부가 누워 잠들었는데 그놈이 아랫목에 누운 사람부터 칼로 허리를 찌르니 그것이 신부였다.

신부가 자다가 별안간 허리를 찔리며,

"에구머니!"

하는 소리 한마디 내고 한칼에 영혼이 봉신대[16]로 갔다.

그런데 황가가 다시 칼을 빼어 한응을 찌르려 했으나 하늘이 시키신 것인지 귀신이 도운 것인지 뒷간에 갔으니 어찌 죽이겠는가? 황가가 신랑이 없는 것을 보고 당황해

---

16) 봉신대(封神臺) : 죽은 사람의 영혼이 돌아간다는 곳.

칼을 버리고 도망했다.

이때 신랑 신부 자는 방 옆의 작은 방에서 시비 단월이 자는데 별당에서 무슨 괴상한 소리가 나며 사람의 인기척이 나니 괴이해 가만히 일어나 문틈으로 엿보았다. 그랬더니 신랑이 뒷간에 갔다가 오는지 별당을 향해 오는 것이었다. 급히 문을 열고,

"나리! 어디에 갔다 오십니까? 지금 신방에서 이상한 소리가 나더이다. 그런데 나리께서는 어디를 갔다 오시는 것입니까?"

한응이는 신부가 잠이 드는 것을 보고 뒷간에 다녀오는 것인데 별안간 이상한 소리가 났다는 말을 들으니 마음에 저절로 걸리던 것이 있었는지 이상하고 싫은 생각이 나서,

"응, 무슨 소리가 난다는 것이냐? 너 먼저 들어가 보아라."

단월이 역시 싫은 생각이 나서 뒤로 물러서며,

"공연히 무서운 생각이 듭니다. 나리께서 먼저 들어가시지요. 에구! 어디서 이렇게 피비린내가 날까?"

한응 역시 코에 피비린내가 미치는 것이었다. 이상스러워 방문을 여니 방 안에 피비린내가 가득하고 북창이 열려 있었다. 그래서 깜짝 놀라 급히 불을 켜고 보니 천만의 외에 참담하게도 누워 자던 신부가 선혈이 흥건하여 죽어

있었다.

 단월이 이것을 보고 한응이 말할 사이도 없이 대성통곡을 하며 온 집안사람을 깨웠다.

 "에구머니! 이 일이 웬일이야!"

 하면서 안으로 뛰어 들어가서 안방 창을 두드리며,

 "마님! 마님! 주무십니까? 큰일났습니다!"

 했다. 부인이 종일 귀빈들을 접대하고 너무 피곤해 자다가 부르는 소리를 잠결에 듣고 깜짝 놀라며,

 "응, 누구냐?"

 (단월) "어서 일어나십시오. 마님 댁에 큰일이 났습니다."

 큰일 났다는 소리를 듣고 벌떡 일어나며,

 "응, 무엇이라고! 큰일 났어? 왜 그러니?"

 (단월) "신방에 큰일이 났어요."

 (부인) "글쎄, 무슨 큰일이란 말이냐? 어서 말해라."

 (단월) "신랑 나리께서 신부 아씨를 죽이셨어요."

 부인이 별안간 천부당만부당한 이 소리를 듣고,

 "에이, 미친년! 저년이 별안간 미쳤나?"

 단월이가 자기를 도리어 미친년으로 돌리는 말을 듣고,

 "에그. 믿지 못하시겠거든 어서 가서 보시고 대감께도 여쭈십시오."

하고 눈물이 비 오듯 흑흑 느끼어 가며 우는 것이었다.

부인이 처음에는 믿지 않다가 이같이 우는 소리를 듣고 급히 옷을 집어 입는데 단월이 또 발을 동동 구르며,

"어서 나오세요."

(부인) "그러면 어서 대감께 여쭈려무나."

단월이 사랑으로 나와 대감을 불렀다.

"대감마님! 대감마님! 주무십니까?"

대감이 밤새도록 술을 먹고 취해서 자니 아무리 부른들 알겠는가?

부인이 급히 나오며 단월을 불렀다.

"단월아, 단월아! 대감마님 일어나셨니?"

단월이 대감을 부르다가 부인이 부르는 소리를 듣고 급히 도로 돌아서 안으로 들어오며,

"네, 아무리 대감마님을 여쭈어도 모르세요."

(부인) "오냐! 그만두고 우선 나와 같이 가서 보자. 암만해도 네 말을 곧이들을 수가 없다."

(단월) "에그. 마님도 소인네가 미쳐서 이리하는 줄 아십니다."

하고 부인과 같이 후원 별당으로 왔다.

한응은 천만뜻밖에 뒷간에 간 사이에 이런 큰 변고가 생겼으니 그야말로 귀신이 곡할 노릇이었다. 무슨 영문인

지도 모르고 별당 마루에 가 걸터앉아 있는데 별의별 생각이 다 들었다.

'허, 이것이 무슨 변고인고? 내가 분명 살인을 당하게 될 상황이었다는 걸 아무리 변명을 한들 소용이 있겠는가? 어찌했든지 이 신부가 어느 놈과 부부의 연을 맺었다가 이 일을 당한 것일 거야. 아니면 내가 뒷간에 간 사이에 어느 놈이 강간을 하려다가 듣지 아니하니까 찔러 죽이고 도망을 한 것일까? 아무리 그러하더라도 나는 나의 무죄를 밝힐 길이 없으니 실제 범인을 잡기 전에는 일을 톡톡히 당하겠구나.'

이처럼 생각하고 앉아 있는데 부인이 단월이와 함께 등불을 켜서 들고 들어왔다. 부인이 신부가 죽어 넘어져 있는 것을 보고 마루를 두드리며 체면도 돌아보지 않고 넋두리를 했다.

"에구머니! 이것이 웬일이냐! 전생에 무슨 죄를 지었다고 이런 일을 겪게 하며 이승에서 무슨 일로 원수가 되어 칼로 찔러 죽인단 말이냐? 나도 마저 죽여라!"

하고 한응에게 달려들어 몸부림을 하며 야단을 쳤다. 이러는데 단월이는 또 사랑으로 나가 대감을 깨우며 온 집안사람들에게 외쳐 알리니 모두 눈이 휘둥그레져서,

"이런 변이 어디 있을까 참. 천고에 없는 일이로다. 신혼

첫날밤에 신랑이 신부를 죽이다니 대체 이상한 일이로군."

하며 수군거리고 안으로 모여들었고 허 의정은 이 말을 듣고 정말인지 거짓말인지 몰라 급히 청지기를 데리고 빨리 들어왔다. 그리고 와서 보니 그 광경이 어떠하겠는가?

"어—, 이 일이 꿈인가 생시인가, 응?"

하더니 또 한바탕 울며 말을 늘어놓는다.

"슬하에 다른 자식이 없어 이 딸을 금지옥엽보다도 더 귀히 길러 즐거움을 누릴까 했더니 이 일이 웬일이란 말이냐? 옥화야, 옥화야! 네가 정말 죽었느냐? 내가 꿈을 꾸는 것이냐? 꿈이라 해도 흉할 이 일이 생시 같으면 어찌한단 말이냐?"

흑흑 느끼어 가며 옥화의 신체를 붙들고 우는데 부인도 역시 신체를 붙들고 넋두리를 한다.

"아가, 아가. 이 일이 웬일이냐! 내가 너를 어찌 길렀는데! 오늘 내 눈앞에 이런 일을 보게 한단 말이냐? 아가, 아가! 정말 죽었느냐? 살았거든 일어나서 이 마음을 위로해라, 응?"

하며 정신없이 잡아 흔드는데 허리에서 흐르는 것은 붉은 피였다.

만일 이 일 저 일 모르고 이런 광경을 볼 것 같았으면 너무 참혹하고 끔찍해서 사람으로 하여금 한줄기 눈물을 금치 못하게 했을 것이다. 그렇지만 죽은 사실을 알고 보면 상쾌하다고 할 만한 일이요, 한응으로 보면 아직 변명할 도리가 없으니 이만큼 걱정되는 일이 없으나 죄 없으면 하늘이 구하시는 법이라. 어찌 두려울 것이 있겠는가?

이때 허 의정이 죽은 몸을 한참 붙들고 울다가 정신을 차리고 한응을 잡아 가두라 하니 벌써 문객들이며 하인들, 사령들이 구금했다.

허 의정이 시체를 그냥 두고 밖으로 나와 한응을 앞에다가 꿇렸다. 그리고 작은 눈을 부릅뜨고 주먹으로 책상을 부서지도록 치며,

"이놈아! 네가 무슨 일로 찔러 죽인 것이냐? 바로 대어라. 조금이라도 지체하면 당장 박살을 내줄 것이다 응, 이놈!"

한응은 정신을 진정하며 안색을 조금도 변치 않고 천연이 대답했다.

"네, 대감께서 헤아려 살펴보셔도 아실 것입니다. 제가 죽일 리가 있습니까?"

(허 의정) "이놈아! 무엇을 헤아려 살펴보라는 것이냐! 신랑 신부 둘이 있다가 신부가 허리에 칼을 맞고 죽었는데 제가 스스로 칼로 찔러 죽었다는 것이냐? 이놈, 바로 대어라! 주리를 틀기 전에, 응?"

(한응) "주리가 아니라 더한 형벌을 쓰실지라도 어떻게 해서 죽었는지를 모르는데 무엇이라고 말씀을 드리겠습니까?"

　(허 의정) "못 보았으면 너는 어디를 갔던 것이냐, 이놈아!"

　(한응) "그런 것이 아니라 제가 뒷간에 간 사이에 이런 일이 생긴 것입니다. 저는 영문도 모르고 뒤를 보고 오는데 단월이가 이리이리하옵기에 같이 가서 보온즉 이런 변이 생기었으니 어찌 된 일인지 알 수가 있겠습니까?"

　(허 의정) "이놈! 네가 분명히 죽이고 도망하려다가 단월이에게 들키고 핑계 대는 말이 아니냐?"

　(한응) "도망하려 했다면 어떻게 도망을 못해서 여기 있으며, 또 도망을 하면 어디로 갑니까? 깊이 통촉하시어 옥과 돌이 함께 타게 하지 마시옵소서."

　허 의정이 눈을 더욱 부릅뜨고 소리를 벽력같이 지르며,

　"이놈, 네 말과 같이 도망을 해도 잡힐 테니까 살인을 하지 않은 체하고 변명이나 해 보자는 작정이 아니냐? 내가 네 속을 아는 것이니 바로 말해라."

　(한응) "이렇게 도적놈 자백 받듯 하실 것이 아니올시다. 제 말을 믿을 수가 없으시거든 단월이를 불러서 물어 보십시오."

(허 의정) "그래. 네 말과 같이 하면 단월이를 불러 무슨 말을 물어보라는 것이냐?"

  (한응) "뒤를 보러 갔었나 아니 갔었나 물어보십사 하는 말씀이올시다."

  (허 의정) "그래. 단월이가 네 뒤를 쫓아다녔단 말이냐?"

  (한응) "쫓아다닌 것이 아니오라 뒤를 보고 오는 것을 보았으니 하는 말이올시다."

  허 의정이야 어찌 자기의 딸 속을 알겠는가? 더욱 하늘이 낮다 하고 펄쩍 뛰며 단월이를 부른다.

  "단월아! 단월아!"

  안에서는 부인이 하루 종일 울며불며 야단법석을 하는데 아무리 허 의정이 소리를 고래고래 지르며 단월을 부른들 어찌 쉽게 들리겠는가? 미처 듣지 못하고 대답을 못하는데 허 의정이 두어 번이나 부르다가 대답이 없음을 듣고 소리를 더욱 지르며,

  "단월아! 단월아!"

  단월이가 부인과 마주 서서 울다가 대감이 소리를 지르며 부르는 소리를 듣고 눈물을 씻으며 급히 대답을 하고 나왔다.

  "네, 네."

  하고 급히 사랑으로 나오니 사랑채 앞뜰에다가 법정같

이 자리를 마련해 놓았다. 그리고 단월이를 마치 법사[17]에서 중인이나 호출하듯 앞에다가 세우고는 허 의정이 눈을 부릅뜨고,

"이년! 너는 귀가 먹었더냐? 그렇게 불러도 대답이 없으니!"

(단월) "안이 깊어서 미처 못 들었습니다."

(허 의정) "이년! 똑바로 본 대로 말을 해라. 네가 장 한림이 어디 간 것을 알았더냐?"

(단월) "어디를 가셨던지 제가 그것을 알 수가 있습니까?"

(허 의정) "정녕 못 보았느냐, 응? 바로 말을 해라."

(단월) "그럼, 제가 바로 말씀드리지, 조금인들 어찌 감히 속여 말씀드리겠습니까? 소비(小婢)[18]가 방에 있으려니까 소저의 방에서 무슨 괴상한 소리가 나며 인기척이 있기에 무서움을 무릅쓰고 창틈으로 엿보았습니다. 그랬는데 마당에 아무도 없고 새 서방님만 마당에 계시는 것이었습니다. 그래서 문을 열고 '방에서 무슨 괴상한 소리가 납

---

17) 법사(法司) : 조선 시대의 형조와 한성부를 함께 가리키는 말.
18) 소비(小婢) : 여자 종이 자신을 낮추어 표현하는 일인칭 대명사.

니다' 했더니 새 서방님께서 우물쭈물하시며 저더러 먼저 들어가 보라 하셨습니다. 저는 무슨 영문인지도 모르고 공연히 무서운 생각이 드옵기에 서방님께 들어가시라고 말씀드렸더니 마지못해 앞서 들어가셨습니다. 제가 뒤를 따라 들어가 보오니 일이 그렇게 끔찍하게 벌어졌습니다. 그래서 안으로 바로 뛰어 들어와 마님께 여쭈었던 일은 있사옵니다. 그렇지만 그 전이든지 그 후든지는 아무 일도 모르나이다."

허 의정이 이 말을 들으니 한응이 죽이고 달아나려다가 단월에게 들켜 못 달아나고 우물쭈물한 것으로 알고 소리를 또 버럭 지르며,

"이놈, 한응아! 단월이를 불러 물어보면 안다고 하더니 또 무엇을 알아볼 것이 있느냐, 이놈아! 네가 내 딸과 무슨 원수가 되어 칼로 찔러 죽인 것이냐, 응…."

한응이 가만히 생각해 보니 조금도 변명할 도리는 없고 허 의정은 불이야 신이야 하며 야단을 치는 것이 곧 벼락이 내릴 듯해 입을 어울려 말을 할 수가 없는지라. 이에 안색을 바꾸지 않고,

"정히 이같이 의심이 나신다면 나라에 법사가 있사오니 저를 법사로 보내시어 확실히 사실을 밝히신 후 죄가 있으면 그에 상당한 벌을 주십시오. 그리고 살인을 저지

른 진짜 범인이 있으면 제가 죄를 면할 것이오니 정당히 조처해 주시기를 바라나이다."

허 의정이 이 말을 듣더니 속으로,

'저놈이 다른 사람과 달라 나라에서 중매해 주신 사람인즉 내가 임의로 조처할 수가 없겠구나. 그러니 내일 나라에 품의를 하고 이 큰 원수를 갚을 것이다.'

하고 즉시 한응을 데려가 가두도록 하고 안으로 들어오는데 이때 이 부인이 대청에 가 앉아서 마루청을 두드리며 울고 있었다. 그러다가 허 의정이 들어오는 것을 보고,

"이런 변이 또 세상에 있다는 말씀이옵니까? 그놈을 먼저 문초해 보시니 그놈이 무엇이라고 하던가요?"

허 의정이 역시 눈물을 뿌리며 목이 메인 소리로,

"어이구! 천하에 이런 몹쓸 놈이 있단 말씀이요! 그 자식이 어떻게 기른 자식이요? 그런데 이번에 몹쓸 놈에게 맡기었다가 이렇게 심하게 죽을 줄 알았겠소. 흑흑흑."

이같이 느끼어 가며 이 부인과 같이 별당으로 가서 또 마루를 두드리며 울었다.

"아가, 아가! 네가 이것이 웬일이냐! 혼이라도 있거든 어찌 죽었는지 말이라도 해라. 어미 아비가 알고나 있게, 흑흑흑. 아가, 아가! 이게 꿈이냐 생시냐? 꿈 같으면 얼른 잠을 깨고, 생시 같으면 우리 둘을 데리고 가거라. 흑흑흑.

무남독녀로 너를 어떻게 길렀는데. 오늘 이런 잔인하고 끔찍한 일을 볼 줄 어떻게 알았단 말이냐! 옥화야, 옥화야! 흑흑흑."

이같이 우는 형상을 보면 허 의정 내외의 모습은 차마 눈 뜨고 볼 수 없을 지경이었다. 어찌 가엾은 생각이 아니 나겠는가마는 허 소저의 행실을 생각하면 수천 번 베고 수만 동강 내어 죽여도 더 벌할 죄가 남겠구나.

이튿날 허 의정이 식전에 일찍이 입궐하니 위에서 허 의정이 조정의 명령 없이 들어오는 것을 보시고 괴상히 여기셨다. 그래서 허 의정을 자세히 보시니 눈두덩이 붓고 눈알이 붉어져 있었다. 임금이 얼굴에 기뻐하는 빛을 띠시고,

"그대가 어제 사위 보는 재미로 너무 과음해 아직 술기운이 남아 있도다."

허 의정이 이 말씀을 듣고 기가 막혀 임금님 앞에 부복해 목이 메어,

"아뢰옵기 황송하오나 어찌 감히 술에 취해 임금님 앞에 뵈옵겠습니까?"

임금이 허 의정이 목이 메어 하는 말을 들으시고 깜짝 놀라 물으시며 하시는 말씀이,

"그대는 무슨 일로 그같이 비통해 하는가?"

(허 의정) "황송하오나 세상에 이같이 원통할 때가 있겠습니까?"

임금이 더욱 괴상히 여기시며,

"글쎄, 갑갑하니 어서 말해 보시오. 무슨 일이 그같이 원통하다는 말인가?"

(허 의정) "세상에 헤아리기 어려운 것이 사람 마음이로소이다. 장한웅이 어젯밤에 소신의 여식을 죽이고 도망하려다가 붙들렸사오니 이 원수를 갚아 주시옵소서."

임금께서 이 말을 들으시고 반신반의(半信半疑)하시며 속으로 생각해 보셨다.

'장한웅이 잠시 보아도 군자의 덕이 있어 보였다. 혹 신부가 아무리 흉했다 하더라도 그리할 리가 없는데 더구나 신부가 아름다웠다 하던데 이게 무슨 소리인고? 분명 중간에 무슨 곡절이 있는 것이로다.'

하시고 한편으로 형조에 명령을 내리시어 한웅을 잡아 가두게 하시고 한편으로 시체를 검시하게 하시며 또 다른 한편으로는 조정에서 공정하고 정직한 사람을 검사관으로 추천을 받으셨다. 조정 제신이 김 판서를 천거하니 김 판서가 사양하지 못해 살인 사건을 조사하게 되었다. 한웅을 잡아내어 세우고 보니 그 늠름한 기풍이 진실한 군자의 모습이었다. 누구더러 보라 해도 한웅을 살인할 사람이라 하겠는가?

　　김 판서가 속으로,

'열 길 물속은 알아도 한 길 사람 속은 모른다더니 참 알 수 없는 일이로다. 오늘 한응이 살인을 했다면 누가 곧이듣겠는가? 그렇지만 옛날에 증자(曾子) 같으신 성인 자제를 두시고도 증자가 살인을 하셨다 하니까 증자의 모친께서 처음에는 곧이듣지 않으시다가 세 번째에는 베틀에서 내려오셨다는 말도 있으니 아무리 한응이 하지 않았다고 했을지라도 그렇지 않다고는 단언할 수는 없으니 실로 의심되도다.'

　　하고 소리를 가다듬으며,

　　"얘, 한응아! 말을 들어라. 네가 시골 선비로 서울에 와서 장원급제 후 한림까지 하고 거기에 또 허 의정 대감의 사위가 되니 지금 영광과 장래의 영화로운 삶을 이로 측량할 수 없을 것이다. 네가 무슨 일로 첫날밤에 신부를 칼로 죽이고 도망하려 들었더냐?"

　　한응도 역시 안색을 변하지 않고 서서히 대답을 한다.

　　"대감 말씀과 같이 지방의 천한 선비로서 평생의 소원을 이루어 더 바랄 것이 없이 되었는데 무슨 미친 마음으로 첫날밤에 신부를 죽이겠습니까? 깊이 헤아려 살펴보시옵소서."

(김 판서) "너는 아무리 아니했다고 해도 어찌 곧이듣겠느냐? 너도 생각해 보아라. 신랑 신부 단둘이 있다가 신부가 칼에 찔려 죽었으니 누가 죽였다 해야 좋겠는가?"

한응이 역시 이 말을 들으니 코가 맥맥하고 가슴이 답답해 무엇이라고 변명할 수가 없었다. 그러나 실상은 죄가 없으니 당장 칼이 목에 내린다 해도 무슨 겁이 있겠는가? 목소리를 다시 가다듬으며,

"네, 대감 말씀을 듣자오면 변명할 도리가 없을 듯하오나 명명하신 하느님이 위에 계시고 일월 같으신 정치를 하시는데 어찌 무죄한 사람이 죽고 죄 있는 사람이 살겠습니까? 깊이 살피소서."

(김 판서) "그러면 소저가 죽을 때에 형편이 어떻게 된 것이란 말이냐?"

(한응) "죽을 때 형편은 알 수가 없습니다."

김 판서가 주먹으로 상머리를 치며,

"알 수가 없다니! 그때 너는 어디를 갔더란 말이냐?"

(한응) "없었습니다."

(김 판서) "없었으면 어디를 갔더란 말이냐?"

(한응) "그때 마침 뒷간에 갔다가 왔습니다."

(김 판서) "뒷간에 갔다 왔으면 처음 들어가 보았을 때 어떻게 죽어 있었더냐?"

(한응) "자세한 말씀을 드릴 것이니 들어 보시옵소서. 그때 뒷간을 갔다가 오려니까 시비 단월이 옆방에서 자다가 문을 열고 '신방에서 무슨 소리가 납니다' 하고 나오기에 시비 단월과 같이 방으로 들어가 보았습니다. 그랬더니 피비린내가 나옵기에 급히 불을 켜서 보니 광경이 그렇게 되어 있었던 것이 제가 알고 있는 일이옵니다. 다른 일은 알 수가 없습니다."

　(김 판서) "단월이는 누구란 말이냐?"

　(한응) "죽은 사람의 시비올시다."

　(김 판서) "그래. 단월이 먼저 알고 너더러 그리했더란 말이냐?"

　(한응) "네, 단월이 먼저 이상한 소리가 난다고 했습니다."

　김 판서가 한참 앉아서 무슨 생각을 하더니 포교를 불러 단월을 잡아 오라 했다. 얼마 지나지 않아 단월을 잡아 오거늘, 김 판서가 단월을 불러 앞에 세우고 한응은 도로 데려가 가두었다.

　그리고 단월더러 물었다.

　"얘, 단월아. 네가 이번에 아씨 돌아가신 일을 안다니 바로 말을 해야 된다. 만일 조금이라도 숨기면 너부터 큰 죄를 당할 것이니 조금도 겁내지 말고 바로 대어라."

단월이 천만뜻밖에 포교가 와서 잡아가니 실상 죄는 없지만 여자의 마음이라 벌벌 떨며,

"죽이신다 해도 소비에게는 아무 죄도 없습니다."

(김 판서) "글쎄, 너더러 죄가 있다고 하는 것이 아니다. 본 대로만 말하라는 것이다."

(단월) "이전부터 소비가 소저를 모시고 지내는데 항상 소저께서는 누구든지 여럿이 있는 것을 싫어하셨습니다. 그래서 소비는 아씨 방 옆방에서 자옵고 소저는 별당에서 혼자 주무십니다."

김 판서가 이 말을 듣고 의심이 덜컥 한층 더 나서,

"그래. 혼자 주무시는데 별당과 너 자는 방이 얼마나 떨어져 있느냐?"

(단월) "약 열두 자 정도 되옵니다."

(김 판서) "어느 때부터 네가 따로 잤느냐?"

(단월) "약 두 해 정도 되옵니다."

(김 판서) "그래서 그동안 수상한 일을 보지 못했니?"

단월이 이 말을 듣고 얼굴이 빨개지며,

"에그. 망측해라! 재상 댁 소저가 수상한 일이라니 무엇인가요? 당초에 그런 일은 본 적이 없습니다."

(김 판서) "정녕 없어, 응? 바로 말을 해!"

(단월) "당장에 도끼가 제 머리에 놓인다 해도 그런 일

은 보지 못했다고 말씀드릴 것입니다."

(김 판서) "그러면 그것은 그만두고, 이번 일을 어떻게 먼저 알았느냐?"

(단월) "이번에는 어찌해서 알게 되었나 하면요. 소비가 막 잠이 깰랑말랑 하는데 별안간 별당에서 '에구!' 하더니 사람이 밖으로 나오는 것 같았습니다. 그래서 겁이 나서 문을 못 열고 문틈으로 내다보았습니다. 그랬더니 다른 사람은 없고 마당에 새 서방님이 계시기에 문을 열고 '별당에서 무슨 소리가 납니다' 했습니다. 그런데 새 서방님이 왠지 우물쭈물하시는 듯했사옵고, 또 소비더러 방에 먼저 들어가서 보라 하셨습니다. 그래서 소비는 '싫습니다' 했더니 새 서방님이 앞에 서서 들어가시고 소비는 뒤에 서서 들어가 보았습니다. 그랬더니 그 광경이 하도 끔찍하고 겁이 나서 바로 안으로 들어가 여쭈었습니다."

(김 판서) "또 다른 일은 어떻게 되었니?"

(단월) "그 외에는 아무것도 모릅니다."

김 판서가 다시 더 물어볼 것도 없고 이 말로는 도저히 수사를 할 수가 없었다. 그러나 소저가 매일 혼자 잤다는 것이 의심쩍었다. 그럼에도 그것으로는 더 이상 조사로 얻어 낼 것이 없으므로 단월은 도로 내보내고 대궐로 들어가 이 사정을 있는 그대로 아뢰니 위에서 들으시고 입맛을

다시시며,

"허, 이 일을 어찌 조처하면 좋단 말이오? 잘못 조처했다가는 아까운 생명 하나가 없어질 터이니 아무쪼록 있는 힘을 다해 잘못된 결정이 되지 않도록 하라."

(김 판서) "삼가 처결하고자 하오나 수사하기가 어려우니 실로 근심이로소이다."

하며 임금과 신하 간에 이야기를 나누고 있는데 허 의정이 들어오며 김 판서에게 물었다.

"어찌 처결되었소? 하루바삐 처단해 죽은 내 여식의 원혼을 위로하게 해 주시오."

(김 판서) "네, 아무쪼록 속히 끝을 낼 것이니 너무 다급해 하시지 마시오."

(허 의정) "너무 다급해 하지 말라는 말이 도대체 어찌된 말이오? 여기서 이보다 더 급한 일이 어디 있다는 말이오?"

(김 판서) "네, 염려 마십시오. 속히 바로잡을 것이오. 세상일이란 그렇지 않습니다. 끝내는 진짜 범인이 어디서든지 밝혀지는 법이지요."

허 의정이 이 소리를 듣고 화를 버럭 냈다.

"진짜 범인이 어느 놈이란 말이요, 응? 밤중에 어느 놈이 들어와서 내 딸을 죽였단 말이요, 응? 대감, 그것이 웬 소리요?"

(김 판서) "세상일은 측량할 수가 없어서 드린 말씀이오니 그리 화내실 것 없습니다. 제가 어떻게 해서든지 잘 조처해서 범인을 잡아들일 터이니 너무 과격하게 하지 마십시오."

임금이 둘이 다투는 것을 보시고,

"그대 둘이 이같이 다툴 일이 아니오. 차차 조처할 도리가 생기겠지. 이런 살인 범죄는 다른 살인 사건과 다르니 급히 처리하겠소."

허 의정은 이 말 저 말 다시 하지 않고 나가 버렸다. 그리고 김 판서는 남아 있으면서 걱정으로 마음이 부산한데 임금이 김 판서 귀에다가 입을 대시고 무슨 말씀을 두어 번 이르셨다. 이에 김 판서가 퇴궐해 바로 법사로 가서 조용히 한응을 불러 또 물었다.

"이 사람아, 나도 네가 억울한 듯해 이같이 묻는 것이니 바로 말을 해라. 첫날밤에 신부의 행동이 어떠했느냐?"

(한응) "네, 이같이 또 불러 물으시니 말씀드립니다. 신부는 가만히 보면 규중처녀의 행동 같지가 않고 매우 야단스러워 보였습니다. 그래서 마음에는 들지 않았사오나 어찌할 수 없어서 옷만 벗겨 눕혀 놓고 앉아 있었습니다. 그런데 뒤가 마려워서 뒤를 보러 갔는데 그사이에 이런 일이

생겼사오니 무슨 곡절인지 모르겠습니다."

김 판서가 이 말을 들어보니 신부의 행동에도 의심이 나지만 그런 말을 성급하게 할 수도 없고 가슴만 점점 답답해지고 아무 생각이 나지 않았다. 김 판서가 이렇게 한참을 먹먹히 앉아 있는데 한웅도 역시 김 판서만 바라보고 서 있다가 문득 장님이 만들어 준 비단 주머니가 생각났다.

"옳다! 아마 이런 때에 내어놓으라고 한 것인가? 그러나 지금 몸에 지니고 있지를 않으니 이를 어찌할꼬?"

하고 김 판서에게 말을 했다.

"저도 아무리 생각해 보아도 이번 일이 맹랑해 면하기가 어려우나 제가 가지고 있는 한 가지를 가지고 풀어 보시면 진짜 범인을 혹 잡을는지 모르오니 그것으로 해석해 보시옵소서."

김 판서가 이 소리를 듣고 귀가 번쩍 뜨여 고개를 번쩍 들고,

"응, 무엇이 있다는 것이냐?"

(한웅) "믿을 것은 못 되오나 서너 번 경험한 일이 있사오니 한번 보십사 하는 것이옵니다."

(김 판서) "그것이 무엇이란 말이냐?"

(한웅) "몇 해 전에 누가 비단 주머니 하나를 주면서 모면할 수 없이 죽을 수밖에 없는 상황이 되었을 때 그 비단

주머니를 주면 자연히 살 도리가 있으리라 했습니다."

(김 판서) "그래. 비단 주머니 속에 무엇이 있더냐?"

(한응) "알 수가 있습니까? 그걸 주면서, 보지 말고 갖고 있다가 이런 일을 당하게 되었을 때 펴서 보면 자연히 알리라고 했기 때문에 지금까지 보지 않았습니다."

(김 판서) "지금 어디에 있다는 말이냐?"

(한응) "허 의정 댁에 있는 저의 행장에 들어있습니다."

(김 판서) "누가 주었느냐?"

한응이 맹인 만났던 이야기를 했다. 이를 듣고 김 판서가 깔깔 웃으며,

"장님이 무엇을 알겠는가마는 시험조로 한번 보자."

하고 이튿날 대궐에 들어가 이 사연을 아뢰고 한응의 행장을 가져와 들여다보니 과연 비단 주머니 하나가 들어있었다. 떼어 보니 누런 종이에 흰 백(白) 자 셋이 쓰여 있었다. 김 판서가 들여다보고 아무리 생각을 해도 알 수가 없어서, 임금님께 이 사연대로 아뢰고 종이를 바치니 임금님께서 보시고 말씀하셨다.

"허허, 참. 그 이상한데, 그대도 무엇인지 알 수가 없는 것인가?"

(김 판서) "소신도 아무리 봐도 해석할 수가 없습니다."

임금님께서 그 종이를 도로 내어주시며,

"그대도 알 수가 없다면 이리이리하면 어떠하겠는가?"
(김 판서) "명을 내리심이 지당하십니다."
임금이 이에 조정에 명을 내리셨다.

    이 종이에 쓰인 내용을 해석하는 자가 있으면 특별히 벼슬을 높여 주겠다.

이같이 명을 내리시니 조정의 모든 신하들이 각기 한 번씩이라도 보지 않는 자가 없이 보고 해석을 하려고 했다. 그러나 능히 푸는 자가 없었다.

김 판서가 아무리 힘을 다해 한응을 살려내고자 해도 허 의정은 매일 독촉만 하고 종이에 쓰인 백(白) 자 셋을 해석하는 자가 없었다. 마음이 어찌나 애가 탔는지 심지어 식음을 전폐하고 모습이 초췌해졌다.

김 판서가 이러고 다니는데 명하 소저가 하루는 자기 부친이 이같이 걱정으로 지내는 것을 보고 민 부인께 물어보았다.

"어머님, 최근 대감께서 무슨 일로 그렇게 걱정으로 지내세요?"

(민 부인) "너더러 이때까지 말을 하지 않았다마는 요사이 이상한 살인 사건이 나서 그리하신단다."

(소저) "살인 사건이 났을지라도 진짜 범인을 잡았으면 괜찮을 텐데, 진짜 범인을 못 잡았습니까?"

(민 부인) "진짜 범인을 잡기는 잡은 모양인데 일이 이상히 되어서 그렇단다."

(소저) "어찌 되어서 이상스럽다는 것인지요? 좀 들었으면 좋겠습니다."

(민 부인) "다른 살인 사건이 아니라 이번에 새로 장원 급제한 사람과 허 의정 딸이 혼인을 하지 않았니?"

(소저) "네."

(민 부인) "혼인을 했는데 첫날밤 신부가 허리를 칼에 찔려 죽었단다."

(소저) "누가 죽였어요?"

(민 부인) "누가 죽였는지를 알 수가 있니? 신부 신랑 둘이 있었는데 신랑은 살고 신부는 죽었으니까."

(소저) "그러면 신랑이 죽였나요?"

(민 부인) "신랑이 죽일 리는 없지만 일이 그쯤 되었으니까 의심할 일이 아니냐? 허 의정은 죽여 원수를 갚겠다고 하는데 성급하게 죽일 수도 없고 아니 죽일 수도 없으니 곤란하지 않겠느냐? 그런데 또 신랑이 무엇을 내어놓고서는 해석을 해 주면 신원이 될 것이라 했는데 그것도 해석할 수가 없어 걱정으로 지내신단다."

(소저) "어떤 것을 내어놓았나요?"

(민 부인) "자세히는 못 들었다마는 누런 종이에 무슨 글자가 쓰여 있다나 보더라."

(소저) "제가 무엇을 알겠습니까마는 한번 좀 보았으면 좋겠습니다."

(민 부인) "보기야 어려울 것 없지마는 해석하기가 매우 어려운가 보더라. 조정에서 모두들 해석하려 들어도 아는 이가 없단다."

(소저) "사람의 의견이란 알 수가 없습니다. 이따가 아버님 들어오시거든 좀 여쭈어 제가 그것을 보게 해 주십시오."

(민 부인) "오냐. 내가 여쭈어 주마."

이처럼 소저가 모친께 부탁하고 후원 연당으로 오니 이때 옥섬이 연당을 새로이 청소하고 소저 책상 앞에 앉아서 《내칙》 편이라 하는 책을 들여다보고 있었다. 그러다 소저가 오는 것을 보고 책을 도로 덮고 일어나니 소저가 책상 앞에 가서 앉으며 웃는 얼굴로 붉은 입술을 반쯤 열어,

"옥섬아, 《내칙》 편을 보았니? 여자로서 본받을 행실이 많으니라."

옥섬이 역시 방그레 웃으며,

"어디 소비가 아무리 본다고 한들 자세히 알 수가 있나

요?"

(소저) "차차 보면 알지. 첫술에 배부를까? 애, 옥섬아. 그러나저러나 세상에 별일도 다 있더라."

(옥섬) "무엇이 별일인가요?"

(소저) "허 의정 댁에서 일전에 혼인한다고 하지 않았니?"

(옥섬) "네, 들었지요. 누가 불구였는가요?"

(소저) "불구였으면 차라리 좋게? 신부가 칼에 찔려 죽었단다."

남의 일이지마는 옥섬이 이 말을 듣고 깜짝 놀라며,

"에구! 가엾어라. 신부가 왜 칼에 죽었어요?"

(소저) "그러기에 별일이지."

(옥섬) "자기가 스스로 찔러 죽었어요?"

(소저) "자기가 스스로 죽을 까닭이 있니? 그중에 무슨 곡절이 있는 것이지."

(옥섬) "세상에 괴상한 일도 있습니다. 분명 신랑 신부 간에 무슨 연고가 있어 신랑이 죽였나 봅니다."

(소저) "그거야 알 수 있니? 나중에 의혹을 풀어야 알지. 그런데 또 이상한 일이 있더라. 무슨 비밀스러운 문장을 내어놓고 의혹을 풀어 달라고 했다는데 그것이 무엇인지 모르겠다."

주인과 종 사이에 이같이 이야기를 하고 있는데 하인이 안으로 들어오며 소저를 보고,

"대감께서 소저를 부르시니 들어가 보십시오."

(소저) "오냐. 언제 들어오셨니?"

(하인) "들어오신 지가 담배 두어 대 먹을 동안 정도 됩니다."

소저가 옥섬이를 데리고 들어가 김 판서를 뵈었다. 김 판서가 비밀이 담긴 종이를 펴 놓고 앉았다가 소저가 들어오는 것을 보고,

"애기 오느냐? 거기 앉아라. 내가 네 어머니에게 들었다마는 네가 좀 풀어 보아라. 이것이란다."

하고 종이를 밀어 소저 앞으로 보내니 소저가 앞으로 당겨 놓고 한참 유심히 보더니,

"참, 이상합니다. 그것을 어떻게 풀어야 좋을까요? 누런 종이에 흰 백(白) 자 셋을 썼으니 황천에 간 사람이 세 번이나 살려 달라고 해도 죽였단 말인가요?"

김 판서가 껄껄 웃으며,

"여자아이 소견이라 어쩔 수가 없구나. 그러면 신랑이 죽었단 말이로구나."

(소저) "그렇습니다."

(김 판서) "그러면 신원 될 것이 있겠니? 신랑은 점점

얽히지 않겠니?"

(소저) "참, 그러면 안 되겠습니다. 사람 이름으로 풀어 볼까요?"

(김 판서) "흰 백(白) 자 셋을 어떻게 사람 이름으로 푼단 말이냐? 네 의견대로 한번 풀어 보아라."

소저가 또 한참 이리저리 보며 생각을 하더니,

"허 의정 집에 혹시 황백삼이라 하는 사람이 있나 물어보십시오."

김 판서가 이 말을 듣고 한참 생각을 하더니 말했다.

"오! 허씨 문중에 황가가 있다는 말을 들은 적이 있을 법하지."

(소저) "그놈을 불러서 문초하시면 의혹이 풀릴 듯합니다."

(김 판서) "네 말과 같이 황가를 알아보아야겠다."

판서가 즉시 대궐로 들어가 이 말대로 아뢰니 임금께서 들으시고,

"그 말도 그럴듯하니 물어보오."

김 판서가 즉시 사람을 허 의정에게 보내어 청하니 허 의정은 무슨 결말이 났나 하고 즉시 사람을 따라 김 판서를 와서 보며,

"아─, 이번에는 무슨 결말이 났소?"

(김 판서) "차차 결말이 날 것입니다. 그런데 귀댁 가문 중에 황백삼이라 하는 사람이 있는지요?"

(허 의정) "네, 있지요. 왜 그러는 것이오?"

(김 판서) "지금 있습니까?"

(허 의정) "매일 집에 있더니 며칠 사이 어디를 갔는지 오지 않습디다."

(김 판서) "그 사람의 집이 어디쯤인가요?"

(허 의정) "들으니 동촌 연못골에 산다고 했는데 그저 거기서 사는지 알 수가 없소. 무슨 까닭으로 묻는 것이오?"

(김 판서) "차차 아시게 될 것입니다. 그러나 댁의 하인 중에 그 사람 집을 아는 놈이 있나요?"

(허 의정) "다녀 본 놈이 더러 있지요."

(김 판서) "그러면 그놈을 좀 보내 주시오."

(허 의정) "그리하오."

하고 집으로 돌아와 황가의 집 다니던 하인을 불러 세우고 명했다.

"애, 요즘 황가가 오지 않으니 가서 좀 보고 오너라. 무엇을 하는지."

하인이 허리를 굽혀 돌아서며,

"네, 분부대로 하겠습니다."

하고 연못골 황가의 집으로 갔다.

이때 황가가 소저를 찔러 죽이고 뛰어나와 바로 저의 집으로 와서는 다음에 일어나는 상황만 지켜보고 있었다. 그런데 장한웅을 오늘 죽이느니 내일 죽이느니 하더니 무슨 비밀스러운 문구를 내어놓고 해석을 하는 중인데 비밀 문구는 누런 종이에 흰 백(白) 자 셋을 쓴 것이라 했다. 황가가 이 말을 듣고 자연 마음에 놀랍고 가슴이 두근거려서 하는 말이,

"허! 그 비밀 문구가 이상한데. 내 성이 황가요, 또 백(白) 자 셋을 썼다 하니 분명한 나로구나. 누구든지 그 뜻을 풀게 되면 당연히 나를 부를 테지. 차차 정황을 보아 도망을 해야겠다."

하고 있는데 대문에 와서 누가 부르는 소리가 들렸다.

"황가 계십니까?"

도적이 제 발등이 저리다고 황가가 자신을 부르는 소리를 듣고 가슴이 덜컥 주저앉아 생각하기를,

'어, 글자를 누가 풀어낸 것인가? 웬일인고? 나를 잡으러 왔으면 쓸데없이 여러 말 하지 않고 바로 집으로 뛰어들어올 터인데 황가가 있느냐 하니 잡으러 온 것은 아니구면. 세상일을 알 수가 있나?'

하고 마누라를 돌아보고 손짓을 홰홰 하며,

"없다고 하고 어디서 왔느냐 물어보오."

마누라는 무슨 일인지도 모르고 중문간에 가서 젖혀진 중문의 문짝을 붙들고 대답했다.

"어디서 왔나?"

(하인) "허 의정 댁에서 왔습니다. 영감님 계십니까?"

(마누라) "계시지 않으니 들어오시면 여쭈겠소. 무슨 일로 왔소?"

(하인) "몰라요. 대감께서 여쭈어 보고 오라 하신 거라서요."

하고 하인은 도로 허 의정 집으로 가고 마누라는 안으로 들어오며,

"영감, 요사이 무슨 일로 대감 댁에 안 가는 것이오?"

황가가 무엇이라고 대답할 말이 없어 말을 꾸며 댔다.

"일전에 대감께서 나와 관계없는 일에 꾸지람을 대단히 하시기에 술김에 말대답을 하고 황송해서 못 갔소."

(마누라) "그게 무슨 말씀이오? 대감께서 혹 꾸짖으시는 일이 있을지라도 가만히 있지 말대답이 무엇이오. 우리가 지금껏 살아온 것도 그 대감 덕이 아니오? 또 오죽 잘 알아주시니 안팎을 드나드는 것 아니겠소? 지금이라도 가서 뵈옵고 사과를 하오."

황가가 이 말을 듣고 이 말 저 말 없이 집안에 있는 돈을 모두 가지고 어디론가 몸을 피해 있으면서 사면으로 사

람을 놓아 소문만 탐지하고 있었다.

　이때 하인이 황가가 없다는 말을 듣고 돌아와 허 의정에게 말하니 허 의정이 듣고 속으로,

　'이놈이 요새 어디에 빠져서 다니기에 오지도 않는 것인가? 내 집에 이런 변이 있다 하면 끼니까지 잊을 정도로 열심히 일을 볼 터인데 참…. 괴상한 일이로군.'

　하고 하인을 보며,

　"얘, 사동 김 판서 댁에 가 보아라. 김 판서 대감이 너를 좀 보내라 하시더라."

　하인이 대답하고 바로 사동 김 판서 집으로 오니 김 판서가 벌써 준비를 다 해 놓고 기다리다가 하인이 오는 것을 보고 함께 데리고 황가의 집으로 갔다. 와서 본들 황가는 벌써 도망했으니 어디 가서 잡겠는가? 사방에다가 방을 붙이고 '황가를 잡아 바치는 자가 있으면 큰 상을 주리라' 했으나 벌써 몸을 감추고 있으니 누가 알겠는가?

　황가가 낮이면 몸을 숨기고 있다가 밤이면 변장하고 돌아다니며 소문을 들어보니, 그 비밀스러운 문구를 다 풀지 못해 한응이를 죽이려 했는데 김 판서의 딸이 그 뜻을 풀어서 황가를 잡으려 한다는 것이었다. 그런데 황가가 알고 도망해서 지금까지 못 잡고 있는데 '한응이는 이 5월에 옥중에서 오죽 더울까?' 하며 한응을 더 인정해 주는 사

람도 있고 혹 어떤 사람은 '애매한 황가를 잡아봐야 소용이 있나?', '아무리 생각해도 황가야 무슨 관계가 있나?' 하는 사람도 있어 공론이 분분했다.

　황가가 이 말 저 말 다 듣고 속으로,

　'옳지! 김 소저가 뜻을 풀어내어서 나를 잡으려 든다고? 김 소저도 맹랑한걸! 김 소저마저 또 죽는다면 누가 죽였다고 할까?'

　하고 또 불측한 마음을 먹었다.

　이때는 5월 스무날이었다.

　김 소저가 후원 연당에서 한여름을 지내는데 혹 불의의 도적이 있을까 해 마루로 오르는 손잡이를 붙들면 집안과 사랑채로 연결되는 줄을 매어 놓았다. 그래서 사람이 오르내리는 것을 다 알게 되어 있었다. 또 방문 앞에다가 큰 구덩이를 파고 낮이면 마루의 작은 널쪽을 덮고 밤이면 널을 떼어 불의의 변을 방비했다.

　황가야 어찌 이같이 불의의 변에 방비한 줄을 알겠는가? 몸에 단도를 품고 후원 담을 넘어 들어가 엿보니 마침 소저가 앞창에 발을 치고 앉아서 옥섬을 데리고 《내칙》편을 가르쳐 주고 있었는데 그 아름다운 모습이 진실로 경국지색이었다. 눈이 황홀해서 어린 듯 취한 듯 한참 서서 보다가 속으로,

'허, 천하의 아름다운 여인이 둘이나 내 손에 죽을 줄 어찌 알았겠는가? 다시 생각하면 도리어 한심하고 분하도다. 내가 저러한 미인들을 못 데리고 살고 도리어 내 손으로 죽이니 실로 원통하고 분하구나.'

하고 맨발로 마루 밑을 살살 기어 마루 밑으로 들어가 소저가 잠들기를 기다렸다. 그러다가 종로에서 파루 치는 소리가 뎅뎅 나니 소저가 책을 접으며,

"벌써 파루를 치는구나. 그만 자자. 모기장을 쳐라."

하더니 등불의 밝기를 반쯤 흐리게 낮추고 옥섬을 데리고 누워 자는 것이었다.

황가가 한참이 지나기를 기다린 후 가만히 일어나 고개를 들고 엿보니 확실히 잠이 든 모양이었다. 그래서 마루로 기어 올라오는데 손잡이는 잡지 아니했으나 어찌 구덩이야 피할 수 있었겠는가! 황가가 마루에 올라서서 연못을 내려다보니 연꽃은 피지 아니했으나 솥뚜껑 같은 연잎이 연못에 가득하고 동쪽 하늘에 얼레빗 같은 달이 가득하게 연당 마루를 비추는데 그 경치가 한번 보암직했다.

황가가 마루 끝에 가 서서 경치를 보는데 마침 족제비가 쥐를 잡아먹는 것을 고양이란 놈이 빼앗아 먹느라고 서로 싸움을 하고 있었다. 황가가 행여 소저의 잠이 깰까 해 가만히 받침돌에 내려서서 쫓아 버리고 다시 마루로 오르

다가 손잡이를 잡고 말았다. 그래서 사면에서 방울 소리가 나니 무슨 일인지도 모르고 겁을 내어 급히 방문을 열고 뛰어 들어가 소저를 해하고자 했다. 그때 몸이 별안간 허공에 가 곤두박이를 쳐 떨어졌는데 층암절벽이었다. 황가가 아무리 나오고자 한들 어디로 나오겠는가?

이때 소저가 옥섬을 데리고 바로 잠이 들려고 하는데 별안간 방문 앞에서 벼락 치는 소리가 들리니 급히 일어나 옥섬을 흔들어 깨운다.

"애, 옥섬아. 자니? 응?"

옥섬이 벌떡 일어나며,

"아니요, 자지 않습니다. 이게 무슨 소리인가요?"

(소저) "글쎄 말이다. 아마 도적놈이 들어왔나 보다."

하는데 벌써 김 판서가 하인을 데리고 들어오며,

"아가, 자느냐? 어디서 무슨 소리가 나니, 응?"

소저와 옥섬이 감히 문도 못 열고,

"문밖에서 무슨 소리가 납니다."

했다. 김 판서가 등불을 친히 들고 앞에서 돌아보더니,

"어? 이놈 보아라. 어떤 놈이 들어왔구나!"

하고 하인을 시켜 황가를 꽉 결박해 가두었다. 그리고 식전에 일찍이 법사로 기별해 문초를 하니 바로 황백삼이었다. 김 판서가 듣고,

"허, 이놈이 어떻게 해서 내 집으로 들어왔을까? 이놈이 분명 제 이름이 발각되었음을 미워해 내 딸을 해치려고 들어온 것이로군."

하고 김 판서가 친히 문초한다. 황가를 형틀에 엎어 놓고 집장사령과 포교를 좌우에 늘여 세운 후,

"이놈! 말 들어라! 네가 황백삼이라지?"

(황) "네, 그렇습니다."

(김 판서) "네가 허 의정 댁에 다닌 지가 몇 해나 되느냐?"

(황) "지금 15년째 됩니다."

(김 판서) "15년째 된다고? 그러면 지금 네 나이는 얼마나 되느냐?"

(황) "서른이올시다."

(김 판서) "15년 동안을 허 의정 댁에서 어떻게 지냈느냐?"

(황) "제가 어렸을 때부터 다닌 까닭으로 집안을 아무 때나 편하게 출입합니다."

(김 판서) "이놈, 그렇게 다니는 놈이 허 의정 댁에 그런 괴변과 초상이 난 것을 알았다면 당연히 가서 일을 보아 드려야 옳을 터인데, 도망하고 가지 않은 것은 무슨 까닭이냐, 응? 이놈!"

황가 놈이 가만히 생각해 본즉 몰랐다고 할 수는 없고 그렇다고 또 바른대로 말하면 당장 죽을 것이었다. 그래서 차라리 노름꾼으로 잡히든지 도적으로 잡히면 죄가 가벼울 줄 알고 말을 꾸며댄다.

"네, 황송하오나 그 댁에 변고가 있어 초상이 난 줄이야 몰랐겠습니까마는 며칠간 노름하느라고 못 갔사옵니다. 또 죽을 때라 그랬는지 댁으로 도적질하러 들어가다가 잡혔사오니 바다같이 큰 은혜를 내리시어 살려 주시기를 바랍니다."

김 판서가 눈을 부릅뜨고 호령을 차가운 서리같이 내리며,

"이놈! 네가 내 집에 들어온 것은 차차 말하려니와 허 의정 댁에 어찌해서 변상이 난 것이냐?"

(황) "변고로 인한 초상이 났다는 말은 들었습니다마는 무슨 일로 났는지 제가 그것을 어찌 알 수 있습니까?"

(김 판서) "이놈! 매를 맞아야 바로 대겠느냐, 응? 이놈!"

(황) "제가 죽더라도 알 수 없습니다."

(김 판서) "정녕?"

(황) "네, 죽어도 모릅니다."

하니 김 판서가 집장사령에게 호령해서 물푸레를 둘씩 꼬아 열 대를 매우 세게 치라 하니 집장사령이 물푸레를

눈 위에 번쩍 들어 '으윽' 하는 소리를 지르며 내리 열 대를 치고,

"이놈! 바로 아뢰어라!"

하는데 눈에서 실안개가 돌고 천지가 아득했다.

"에구구!"

하며,

"죽더라도 바로 아뢰겠습니다."

(김 판서) "그래. 소저를 네가 죽였지?"

(황) "네, 만 번 죽어도 쌉니다."

김 판서가 우선 사실을 물어보지 않고 죽인 것부터 물어본 것은 다른 까닭이 아니라 허 의정을 불러 같이 듣고자 했기 때문이었다. 김 판서가 황백삼이 소저를 죽였다고 하는 말을 듣고 즉시 사람을 보내어 허 의정을 청했다. 허 의정은 속도 모르고 밤낮으로 딸 생각만 하고 눈물을 흘리며 한웅을 하루바삐 죽이고 싶으나 여의치 않아 한탄만 하고 있었다. 그러다가 김 판서가 청한다는 말을 듣고 급히 하인을 따라 재판소로 왔다. 김 판서가 엄정히 황가를 문초하다가 허 의정이 오는 것을 보고 일어나 맞이하며 상석을 내어 주니 허 의정이 앉으며 김 판서더러 황가를 어찌 잡았는지 묻는다.

"황백삼을 무슨 일로 연일 잡으려 드시더니 어떻게 잡

으셨소? 그놈이 무슨 죄를 지었는지는 모르되 내 집 사람이니 좀 봐주시오."

김 판서가 이 말을 듣고 속으로 웃으며,

'아무리 진실한 군자라 하지만 어찌 저같이 집안에만 갇혀 돌아가는 상황을 모르는가?'

하며 대답했다.

"대감께서는 지금까지도 황가 놈의 일을 모르십니다그려. 대감을 청한 것은 다름이 아니라 밤낮으로 긴 한숨과 탄식으로 지내시던 일이 오늘이야 끝이 나기에 친히 보시라고 하는 것입니다."

하고 황가를 다시 내려다보며,

"이놈! 어찌 어찌해서 소저를 죽인 것이냐!"

하니 황가 놈이 형틀에 가 엎드려 있다가 허 의정을 쳐다보니 어디 감히 그런 소리를 하겠는가마는 호령이 찬 서리 같고, 좌우에서 집장사령들이,

"으윽!"

소리를 치며,

"이놈! 빨리 아뢰어라."

하는 소리가 벼락이 내리치는 듯하니 가슴이 서늘하고 정신이 아득해 어찌 감히 털끝만큼인들 속이겠는가. 이에 자초지종을 말했다.

"네, 바로 아뢰겠습니다. 소인이 열여섯 살부터 허 의정 댁에 청지기로 다녔는데 안팎으로 자유롭게 드나들었습니다. 그때 소저의 나이가 세 살인 고로 안아도 주고 업어도 주어 열여섯 살이 되어도 내외 없이 드나들었습니다. 그래서 소저가 혹 심부름을 시키면 해다 주었습니다. 그런데 하루는 쌍륙(雙陸)19)을 사다 달라고 해 사다 주었습니다."

(김 판서) "그래, 또 어찌했어?"

(황) "쌍륙을 사다 주었더니 쌍륙을 가르쳐 달라고 했어요. 그래서 가끔 가르쳐 주었더니 하루는 술을 주며 이따 저녁에 조용히 와서 또 쌍륙을 치자고 했습니다. 그래서 대감이 잠드신 사이에 갔더니 또 술을 주며 쌍륙을 치자고 하면서 팔뚝치기를 하자고 해 소저 말대로 쌍륙을 쳤습니다."

하고 가만히 엎드려 말이 없거늘 김 판서가 소리를 지르며,

"그래서? 또 어찌했니, 응? 이놈!"

---

19) 쌍륙(雙陸) : 민속놀이의 하나로 놀이하는 사람들이 둘로 나뉘어 주사위를 던져 말을 먼저 궁에 들여보내는 놀이.

(황) "죽여 주십시오. 더 말씀드릴 것 없습니다."

(김 판서) "이놈! 치기 전에 바로 아뢰어라."

황가가 아무리 입이 떨어지지 않으나 어찌하겠는가?

"예. 또 아뢰겠습니다. 그날부터는 매일 대감만 주무시면 소저에게 가서 혹은 소저와 같이 자기도 하고 혹은 놀다가도 와서 은연히 맹세를 하고 있었습니다. 하루는 대감께서 소저를 장한웅과 정혼하셨다는 말을 듣고 그날 밤에 가서 어찌하려 하느냐고 물으니 소저가 하는 말이 우리 맹세가 지극히 중한데 다른 사람을 섬기겠느냐, 혼인날 밤에 가져갈 수 있는 모든 보물만이라도 싸서 가지고 나올 것이니 후원 담 뒤에 가서 있으면 담으로 수건을 넘길 것이라 했습니다. 그리고 제가 수건 끝을 붙들고 있으면 수건을 잡고 넘어갈 것이니 그때 어디로 도망해 살자고 했습니다. 그랬는데 닭이 울어도 나오지 않는 것이었습니다. 소인의 생각에 신랑을 보더니 소저의 마음이 변해서 언약을 저버린 것 같아 분한 생각이 났습니다. 그래서 신랑, 신부 둘을 모두 죽이려고 담을 넘어 들어가서 아랫목에 누운 사람을 먼저 찔러 죽이고 또 사람 하나를 찾았는데, 더 이상 없었습니다. 그래서 마음이 황급해 도망한 후 소문을 들어보았습니다. 들어보니 종이에 쓰인 비밀스러운 문구를 김 판서 댁 소저가 풀어서 소인을 잡으려 든다기에 제가 정신을 잃었는지 분한 생각이 들어 또 해하려 했습니다만, 하늘이 미워하심인지 잡히고 말았습니다. 저를 죽여주시기만 바랍니다."

하고 고개를 형틀에 거꾸로 박고 아무 소리가 없었다. 그런데 허 의정이 문초하는 소리를 다 듣더니,

"어!"

소리를 치고 뒤로 벌떡 나가자빠져 버렸다.

김 판서가 급히 방으로 안아 들여 눕히고 사지를 주무르며 약물을 흘려 넣으니 이슥한 후 허 의정이 눈을 떴다. 그러고는 긴 한숨을 휘이 한 번 쉬더니 김 판서를 돌아보며,

"저의 가문이 불행해 세상에 머리를 들지 못할 변괴를 겪었으니 어찌 기가 막히지 않겠습니까! 이 사람은 임금님께 아뢰어 벼슬을 그만두고 무덤가 작은 집에 가서 남은 인생을 마치고자 합니다. 황가 놈은 국법이 있사오니 다른 말씀은 드리지 아니하겠습니다."

하고 바로 집으로 돌아와 벼슬을 그만두고자 하는 상소를 바쳤다. 임금이 사연을 들으시고 허락하시어 허 의정은 집안 식구들을 거느리고 조상의 묘가 있는 곳으로 내려가 영영 세상에 나타나지 않았다.

김 판서가 나라에 사연을 아뢰고 한편으로는 장한웅을 석방, 복직시키고 황가는 사형에 처했다. 그 후 입궐해서

임금께 보고하니, 임금이 장한웅을 불러들이시어 손을 잡으시고,

"허허, 허 모의 집안일은 가엾어서 말할 것 없거니와 너는 공연히 지극한 고초를 받았으니 이 역시 한때의 액운이라. 누구를 원망하겠는가? 그러나 짐이 또 할 말이 있도다."

하시고 웃으시며 김 판서를 돌아보시고,

"그대는 나의 말을 들을 것인가?"

(김 판서) "어찌 감히 거역하겠습니까?"

(임금) "예전에 접은 종이를 집었던 생각이 나는가? 이제는 접은 종이를 뽑을 까닭도 없으니 전에 먹은 마음을 다시 이음이 옳도다."

하시고 특별히 혼수 일체를 후히 내리시고 혼인을 하루빨리 거행하라 하시니 누가 감히 거역하겠는가?

김 판서가 그런 마음이 있던 중이라 더욱 흡족해 하루가 급하게 빨리 혼례를 거행하니 그 위엄 있는 태도의 찬란함과 구경하는 사람들의 칭찬은 몇 마디 말로 기록할 수 없을 정도였다.

이날 밤 한웅이 허씨의 일을 생각하니 혹 꿈같기도 하고 혹 생시 같기도 해서 갈피를 잡을 수 없는 중에 신방에 들어가 좌우를 살펴보았는데 예전에 보았던 방같이 낯익

어 보였다. 마음에 더욱 어지러워 헤아리기가 어려울 정도였다.

'허, 이 일이 도대체 꿈이란 말인가, 생시란 말인가? 이 일이 웬일인고?'

하고 앉아 있는데 밖에서부터 신부가 들어와 앉는데 그 요조한 덕과 아름다움이 허씨의 백배나 뛰어나 보였다. 그뿐만 아니라 언젠가 한번 보았던 얼굴 같은 것이 조금도 낯설어 보이지 않았다. 이에 한응이 속으로 가만히 생각을 해 보았다.

'이 방이 예전에 언젠가 들어온 방인 듯하나 꿈같기도 하니 신부에게 나를 살려 준 사례도 하고 물어도 보아야겠다.'

앞으로 가까이 앉으며 웃는 얼굴로,

"죽을 사람을 명철(明哲)한 식견으로 살려 주셨으니 감사한 말씀을 어찌 다 하겠습니까?"

신부가 두 뺨에 복숭아꽃 같은 기운을 띠고 아름다운 이마를 숙이며,

"이는 다 군자의 억울함을 하늘이 아시고 그렇게 시키심이오니 어찌 첩의 힘이라 하겠습니까? 너무나 황송하고 감사하옵니다."

한응이 이 말을 듣고 더욱 마음에 기뻐서 앞으로 더 다가앉으며,

"이 방과 신부를 보오니 예전에 한번 들어와 본 듯한데 그대도 나를 한번 본 듯하지 아니한지요?"

신부가 이 말을 듣고 더욱 부끄러운 기색을 띠고 눈을 들어 한응을 잠깐 보니 소저의 총명으로 어찌 모르겠는가?

"저도 군자를 잠깐 뵈오니 예전에 용산 가시던 바로 그 양반이신지라. 어찌 모르겠습니까? 군자께 더 말씀드릴 것이 없사옵니다."

한응이 신부의 말을 들으니 그 뜻밖의 기쁨을 어찌 다 말하겠는가?

첫인사에 오래 만난 듯 친밀해져 용산 가서 지내던 말을 일일이 다 하면서,

"신부께서 저를 두 번 살게 해 준 은혜가 백골난망이로소이다."

신부는 아름다운 이마를 숙이고 들을 뿐이었다.

이러구러 자연히 밤이 깊으니 등촉을 물리고 이부자리에 누우니 그 즐거움이야 어찌 다 말할 수 있겠는가?

이튿날 일찍이 일어나 신부가 모친을 뵈옵고 한응의 이야기를 다 하니 민 부인이 듣고 사위 보기가 비록 무안하나 신기함을 못내 칭송하며 그런 사연을 그때에서야 김 판서에게 말했다. 만일 일이 이렇게 되지 않았으면 김 판서가 큰 꾸짖음을 내렸겠지만 이같이 신기하게 되었으니

도리어 신기함을 칭찬했다.

장한응이 즉시 나라에 말미를 얻어 은진으로 내려가 모친을 뵈오니 김 부인이 한응을 보고 즐거운 빛을 띠며 손을 잡고,

"네가 오늘 이같이 되었으니 죽어도 한이 없겠구나. 그런데 신부는 가히 너의 배우자가 될 만하더냐? 네가 장가를 간다는 소리를 듣고 친히 보지 못해 섭섭했으나 부득이한 사정으로 되었으니 어찌하겠느냐? 마음으로는 기뻤지만 꿈자리가 하도 이상해서 마음을 놓지 못했었다."

한응이 이 말을 듣고 자초지종을 일일이 말씀드리니 김 부인이 듣고 마음에 놀라나 일이 무사히 되었으니 놀람이 도리어 기쁨이 되었다. 김 부인이 한응의 등을 어루만지며,

"글쎄. 어찌 된 일인지 불편해서 꿈이 뒤숭숭하더라. 그러나 일이 무사히 되었으니 이는 아마 조상이 도우신 것인가 보다만, 허씨는 재상가 규수로서 어찌 그처럼 행실이 괴악하단 말이냐?"

(한응) "행실이야 양반, 상놈이 어디 있습니까? 가정교육이 없으면 그러하지요."

하고 부인을 모시고 올라와 집을 새로 사서 거처하시게 하고 임금께 결과를 보고드리니 임금이 기뻐하시어 한

응의 벼슬을 높이시고 모친 김 부인과 며느리 김 부인에게 부인 직첩을 내리셨다.

김 부인이 며느리 김 부인의 손을 잡고 흔연한 빛으로,

"네가 지아비를 두 번이나 죽을 것을 살게 했으니 내가 어찌 죽은들 잊겠느냐?"

(김 부인) "이는 다 어머님의 음덕으로 된 것입니다. 그러나 저의 집에서 한 일을 생각하오면 황송한 말씀을 어찌 다 말씀드리겠습니까?"

하고 그 후로부터 며느리의 도를 극진히 다하니 누가 칭찬하지 않겠는가. 집안일을 정돈한 후 한응이 맹인 점쟁이의 신통함을 못 잊어 은혜를 갚고자 미동으로 가서 찾으니 그 집에서 하는 말이 작년에 2, 3일간 있다가 어디로 갔는지 모른다고 했다. 그래서 온 사방으로 찾아보았으나 종적이 없었다.

한응이 속으로,

'비단 주머니 주었던 이가 심상한 사람이 아니고, 필연 신인(神人)이다. 이같이 신비한 글을 주어 나를 살게 한 것이로다.'

하고 하늘을 우러러 마음속으로 기도했더라.

원문

⟨1⟩"문에리수에…에…."

이갓치 귀청이 쩌러지도록 쇼리를 외치며 오는 쟝님은 나히 오십가량쯤 되엿는데, 왼손에 붓치 들고 오른손에 일곱 마디 진 오죽장1)으로 눈을 숨아 압길을 두다리고 남디문 칠가난을 지나 디평동 어귀를 당도ᄒᆞ랴닛가 아희들이 칠팔 명이나 몰키여 혹 순라잡기도 ᄒᆞ고 혹 까막잡기도 ᄒᆞ더니 쟝님 오는 거슬 보고 한 아희가 엽흐로 오더니,

"쟝님… 쟝님."

쟝님이 지니다가 아희 년석이 부르는 쇼리를 듯고 쑥 셔셔,

"웨… 부르니?"

(아희) "부랄이 몟쏙이요?"

(쟝님) "에이 망훈 놈에 집 ᄌᆞ식 네의 부모가 그러케 가르치던?"

디답 업시 다시 압길을 쑤드륵 두다리며 이갓치 욕을 ᄒᆞ고 오⟨2⟩는데 별안간 회리바람이 부러 먼지가 얼골을 뒤집어 씨우는지라. 쟝님이,

---
1) 오죽장(烏竹杖) : 검은색 대나무 지팡이.

"테테."

ㅎ야 침을 비트며

"어… 이 바람 보아라. 무슴 바람이 이러케 불가?"

욕ㅎ든 아히 놈이 엽헤셔 이 말을 듯고,

"져런 망홀 장님 보와라. 눈 쓴 스룸도 못 보는 바람을 다 본다네."

ㅎ더니 장님이 말홀 식 업시 엽흐로 홱 다라들어 집핑이를 쎅셔 가지고 다라나며,

"바람 보는 장님이 길을 못 볼가?"

장님이 무심히 잇다가 집핑이를 셋기엿스니 어듸를 가리오?

길 가운듸 가 웃둑 셔셔 욕을 물 퍼붓듯 흔다.

"이놈이 뉘 놈에 집 주식이야… 응…? 압 못 보는 스룸에 집핑이를 쎅셔 가니 요놈이 잘될가? 아모 써라도… 응…? 발길 놈에 집 주식!"

〈3〉 아히놈이 엽헤셔 욕ㅎ는 쇼리를 듯고,

"져런 망홀 장님! 갓득이나 눈이 머러 가지고 남더러 익담흔다. 나종에는 웃지 되자고!"

(장님) "글셰, 요놈아! 막딕기 가져오나라! 압 못 보는 스룸에 집핑이를 가져가면 웃지 ㅎ잔 말이냐!"

(아히) "욕을 아니 힛스니 도로 줄가? 바람을 보는 장

님이 길을 못 차저가?"

장님이 하 어이가 업셔 썰썰 우스며,

"글세, 요놈아! 늬가 바람을 본다고 힛니? 바람이 딕단히 분다는 말이지."

(아히) "저 장님 보아라! 금방 ㅎ고 잡아쎈다. '에…, 이 바람 보와라.' 아니 힛쇼?"

(장님) "오냐! 그리힛다! 너는 바람 볼 수 업든? 바람을 보랴거던 나무닙흘 보와라. 나모닙이 흔들니는 거시 즉 바람이다."

〈4〉 (아히) "그거슨 읏지 보왓소?"

(장님) "허허…. 요놈에게 시달님을 밧나? 오늘 일진이 불길ㅎ더니 이런 일이 다 싱기는군."

ㅎ고 아못조록 집핑이를 갓다쥬기를 바라고 쓰윽 농치고,

"웨…? 나는 못 보왓다든? 너만 적에는 집핑이 업시 다니다가 즁간에 작란을 너맘큼이나 처셔 이 지경이 되엿단다."

(아히) "저놈에 장님 보와. 은근히 나더러 욕ㅎ는 말이지. 싱젼 가니 집핑이 쥬깃다!"

(장님) "글세, 요놈아! 집핑이 아니 쥴 거시 무어시냐? 어셔 이리 가지고 오나라! 남의 안퇵경을 흐러 간다. 썩

가 느지면 모든 일이 낭픽다."

 이갓치 혹 달닉도 보고 욕도 히 보와도 아니 쥬고 승강이를 ᄒᆞ는데 이십가량 된 쳥년 ᄒᆞ나히 지닉다가 이 광경을 보고,

 "여보, 장님. 웨…그리오?"

 〈5〉 장님이 음셩을 드르니 아히 음셩이 아니요 어룬의 음셩이라.

 반가와 급히 딕답을 혼다.

 "네…, 누구심닛가? 엇던 아 년셕이 집픵이를 ᄲᅢ셔가고 아니 쥽니다그려."

 쳥년이 이 말을 듯더니 수작ᄒᆞ던 아히를 보고 쇼리를 질으며 셋는다.

 "요놈…! 아히 년셕이 집안에셔 글을 읽던지! 그러치 아니ᄒᆞ면 혹 운동을 홀지라도 덩당히 ᄒᆞ는 거시 아니라 압 못 보시는 어룬에 집픵이를 ᄲᅢ아셔 아모리 교육이 업기로셔니!"

 아히가 집픵이를 가지고 셧다가 쌍에다가 바리고 다라나는지라 쳥년이 친히 가셔 집어다 쥬며,

 "에… 고히흔 놈이로군. 뉘 집 자식인지는 모르되 아쥬 교육을 못 밧엇군. 앗소. 장님… 집픵이 밧으시요."

 〈6〉 장님이 두 손으로 집픵이를 밧으며,

"네… 딕단히 고맙슴니다. 뉘신지요?"

(쳥년) "네… 나는 쟝 셔방이오."

(쟝님) "쟝 셔방이심닛가? 졔 셩은 리가올시다. 딕이 어듸심닛가?"

(쳥년) "닉 집은 츙쳥도 은진 사오."

(쟝님) "네… 딕이 싀골이시야요. 무슴 사로 셔울 오시엿슴닛가?"

(쳥년) "과거를 보인다기로 과거 보라 왓쇼."

(쟝님) "네… 그러시면 변변치는 못ᄒ지오마는 이번에 과거에 참방을 ᄒ실가 졈이나 하나 쳐 드리지요."

(쳥년) "쳔만의 말슴이요. 복츅 돈도 업는데 졈이 다 무어시요?"

(쟝님) "아니올시다. 관게업슴니다. 복츅 돈이 다 무어시오닛가? 닉 집이 머지 아니ᄒ니 잠간 가시지요."

ᄒ고 쳥년을 구지 쳥ᄒ는지라. 쳥년이 속으로,

'닉… 평싱에 쟝님을 밋지 아니ᄒ던 비러니 오늘 시럽슨 지〈7〉슬 ᄒ번 ᄒ여 볼가?'

ᄒ며 짜라가니 미동 엇던 집 힝낭으로 들어 안더니,

"쟝 셔방 일홈이 무어심닛가?"

(쟝) "쟝한웅이요."

ᄒ고 쳥년 월일시를 다 일너 쥬니, 쟝님이 산통2)을 닉

여 흔들고 한춤 무슴 쥬문을 외오더니,

"허허… 춤. 장 셔방씌는 늬 집픵이 셋던 아히가 즉 은 인이라 ᄒ야도 올쇼. 나를 못 맛낫더면 큰일 날 번힛쇼."

장한웅이가 이 말을 듯고 속으로,

'골자가 무슴 허무밍낭ᄒ 쇼리를 ᄒ랴고 이리ᄒ노? 무어시라고 ᄒ나 들어나 보리라.'

ᄒ고 가장 놀나는 쳬ᄒ며,

"아… 웨 그리ᄒ시오? 무슴 읙이 잇쇼?"

(장님) "읙도 이만 저만ᄒ 읙이 아닌 걸이요. 춤 하늘이 도으셔〈8〉서 나를 맛나게 ᄒ시엿쇼."

(한웅) "무슴 읙이란 말이요?"

(장님) "셰 번 읙인데, 한 번은 불에 타셔 죽을 읙이요, 한 번은 물에 ᄲᅡ져 죽을 읙이요, 한 번은 법사로 잡히여 죽을 읙인데 면ᄒ기가 ᄃᆡ단히 어렵쇼. 그러나 복션화음은 하늘에 ᄶᅥᆺᄶᅥᆺᄒ 리치라. 불에 타셔 죽을 읙은 마음을 정직히 가지시면 자연 면홀 터이요, 물에 죽을 읙은 돈이 잇셔야 면홀 거시요, 셋지 죽을 읙은 면ᄒ기가 어렵쇼."

(한웅) "마음이 정직홈은 ᄂᆡ게 잇거니와 돈이라던지

---

2) 산통(算筒) : 맹인이 점을 칠 때 사용하는, 산가지를 넣은 통.

법스로 잡히는 거시야 읏지 면ᄒᆞ오?"

(장님) "두 가지 익은 자연 면ᄒᆞᆯ 터이니 염녀 마시고, 셋지 번 익은 늬가 방어ᄒᆞᆯ 금낭3)을 ᄒᆞ나 들일 터이니 ᄒᆡ여 글너 보시지 말고, 극도에 니르러 면ᄒᆞᆯ 수 업거던 주머니를 나라에 밧치여 희옥을 ᄒᆞ야 달나면 주연 면ᄒᆞ고 ᄎᆞ후로는 복록이 무궁ᄒᆞ⟨9⟩리다."

ᄒᆞ고 궤문을 열고 누른 조희에 무어슬 거리여 금낭에다가 너셔 쥬며,

"눈먼 놈이 무어슬 알냐 ᄒᆞ시고 허수히 듯지 마시요."

한응이는 반신반의ᄒᆞ야 밧아가지고,

"허수히 알 리가 잇소? 듸단히 고맙소. 이러나 저러나 과거는 ᄒᆞ깃쇼?"

(장님) "과거는 다시 두 말슴 마시요. 이번에 쏙 ᄒᆞ시지요. 그러나 이번 과거는 물리기가 쉬우리다. 나는 밧버 가오니 이다음에 다시 ᄒᆞᆫ번 뵈옵시다."

ᄒᆞ고 장님은 어듸로 가고 한응은 사관으로 도라와 속으로 싱각ᄒᆞ되,

'허무밍낭ᄒᆞᆫ 놈도 잇군. 늬가 무슴 일노 물과 불에 죽

---

3) 금낭(錦囊) : 비단 주머니.

을 식둙이 잇노? 그러나 내가 돈이나 잇스면 돈이나 쎅아셔 먹으랴〈10〉고 그리흔다지 딕관절 이상흔 일이니, 위션 과거가 물리나 아니 물리나 증험을 ᄒᆞ야 보리라.'

ᄒᆞ고 과일을 기다리는데 과연 황ᄌᆞ 되시는 뎐하ᄭᅴ셔 텬연두(天然痘)를 ᄒᆞ심으로 명년 ᄉᆞ월로 물리는지라. 한응이가 이 쇼문을 듯고,

"허…! 이 쟝님이 허황치는 아니흔데, 만일 쟝님 말이 이갓치 맛고 보면 니가 ᄶᅩᆼ 슌난을 격지 아니홀가? 에라! 공교히 마지랴닛가 마졋지 쟝님이 무어슬 알소?"

ᄒᆞ고 힝장을 묵거 가지고 은진 자긔 집으로 ᄂᆞ려가 모친 김씨를 뵈오니, 김 부인이 이번에 과거나 ᄒᆞ고 ᄂᆞ려오나 ᄒᆞ야 반가히 물어본다.

"한응이 단겨 오느냐? 이번에 과거는 엇지 되엿니?"

(한응) "이번에 황ᄌᆞ가 마마를 ᄒᆞ시는 식둙으로 릭년 ᄉᆞ월노 물니녓셔요."

〈11〉 (김 부인) "흔번 릭왕이면 돈이 얼맛식 드는데 공연흔 부비만 쓰는구나. 아마 네 공명 수가 늣게 터지는 거시야."

(한응) "과거를 보기로 쏙 참방을 흔다고 홀 수가 잇슴닛가? 요힝 춤방이 되면 되고 아니 되면 고만이지요."

(김 부인) "아ㅡㅁ. 그야 그러치. 엇지 쏙 될달 수가 잇

늬? 또 부비가 드드리도 릭년 수월에나 올나가 보지."

 ᄒᆞ고 잇는데 무졍ᄒᆞᆫ 셰월이 물 흐르듯ᄒᆞ야 그 ᄒᆡ가 다 지닉고 이듬ᄒᆡ 숨월을 당ᄒᆞᄆᆡ, 김 부인이 뜰 압혜 도화가 셩기흠을 보고,

 "이이 한웅아 셰월이야 쉽기도 ᄒᆞ다 작년 갓희셔는 올 ᄉᆞ월이 언제나 될가 ᄒᆞ얏더니 벌셔 숨월이 되어 복ᄉᆞ 꼿시 저러케 퓌엿고나. 그리 올에도 과거 보려 가랴느냐?"

 (한웅) "갓다가 오겟슴니다. 이번에는 ᄯᅩ 물니지나 아니ᄒᆞᆯ는지요."

 (김 부인) "그러면 어느 날즘 가랴느냐?"

 (한웅) "오는 스무날 즘ᄒᆞ야 가겟슴니다."

 〈12〉 ᄒᆞ고 스무날을 기다리어 셔울노 올나올ᄉᆡ 나흘 만에 남딕문을 당도ᄒᆞ니 ᄒᆡ가 셔산에 ᄶᅥ러지고 쌍거미가 지는지라. 종용ᄒᆞᆫ 쥬막집을 차자 드러가니 사나히는 업고 이십가량 된 계집이 잇다가 한웅을 보고 언제브터 안면이 잇던지 반기며,

 "이리 드러오십시요. 지금 문안에를 드러가실 슈가 잇슴닛가? 이 집이 종용ᄒᆞ니 쥬무시고 가십시요."

 (한웅) "네… 드러가지요. 저녁 ᄒᆡ 두신 것시 잇슴닛가?"

(계집) "네… 잇슴니다."

ᄒᆞ더니 일변 거는방을 쓸고 돗츨 닉여 깔며 눈우슴을 치고,

"이 거는방으로 드러오십시오. 밧갓방은 딕단히 츄ᄒᆞ야 못 쥬무심니다."

한응이가 방으로 드러가 안지며,

"쥬인아씨가 너무 이리ᄒᆞ시닛가 딕단 불안ᄒᆞ오."

(계집) "아니올시다. 별 말솜을 다 ᄒᆞ셰요. 이걸노 싱이ᄒᆞ야 먹는 〈13〉 스름이 그러치요."

ᄒᆞ고 저녁상을 갓다가 압헤 놋는데 비록 보힝긱쥬4)에 집이나 특별히 졍결ᄒᆞ고 소담스럽더라.

상을 물닌 후 계집더러 말을 뭇는다.

"사닉는 어듸 갓쇼?"

계집이 쏘 눈우슴을 우스며,

"네… 앗가 나가셔 그저 아니 드러옵니다. 오날 쏘 어듸셔 노름을 ᄒᆞ는 거시지요."

ᄒᆞ며 방으로 드러와 압헤서 아름아름ᄒᆞ며 춘졍을 낙시질ᄒᆞᆫ다.

---

4) 보행객주(步行客主) : 걸어서 여행하는 사람들을 위한 객줏집.

"이 방이 여러날 불을 아니 쎠셔 차오니 안방에 가 쥬무시지요."

한웅이가 쥬인 계집에 눈치를 알고,

"방이 차도 관게치 안쇼. 어서 건너가 쥬무시오. 쥬인이 드러오다가 보면 수상스럽게 아오."

〈14〉 (계집) "쥬인은 오늘 아니 드러오나 보이다. 염녀 마시고 안방에 가 갓치 쥬무세요… 응?"

한웅이가 정식ᄒᆞ고,

"그게 무슴 쇼리요? 쥬인이 드러오던지 아니 드러오던지 남녀가 유별ᄒᆞᆫ데 외간 남ᄌᆞ를 보고 이갓치 무례ᄒᆞᆫ 말을 ᄒᆞᆫ단 말이오?"

계집이 얼골이 붉어지며,

"나는 조흔 ᄯᅳᆺ으로 방이 차니 안방에서 쥬무시라 ᄒᆞ는 거신ᄃᆡ 무례ᄒᆞᆫ 말을 힛다시니, 무슴 무례ᄒᆞᆫ 말씀을 힛단 말씀이요?"

(한웅) "그러면 무례ᄒᆞᆫ 말이 아니면 무엇이오? 쥬인 ᄉᆞ나히도 업ᄂᆞᆫᄃᆡ 무슴 신둙으로 안방에 가셔 잔단 말이오?"

계집이 ᄒᆞᆫ춤 처다보더니,

"그 량반이 그러치는 아니ᄒᆞᆯ 듯ᄒᆞᆫ데 말은 아쥬 벽창호로구〈15〉료. 야반 무인지졔에 남녀 단둘이 잇스니 아모리 닉 마음이 빅옥 갓기로 남이 그러케 알겟쇼?"

이갓치 붓그럼 반졈 업시 괴악ᄒᆞᆫ 마음을 먹고 염치 불안당으로 실난을 ᄒᆞ는지라.

　좀쳐럼 허랑방탕ᄒᆞᆫ 위인 갓ᄒᆞ면 계집이 이러ᄒᆞ기 젼에 금수에 마음을 먹고 먼져 말을 건네 보던지, 그러치 아니ᄒᆞ면 곳 강간이라도 ᄒᆞ려 드는 못된 힝위를 ᄒᆞ깃지마는 글자나 비왓던지 교육을 조금이라도 밧은 스름이면 결단코 금수에 힝위를 아니ᄒᆞ려던 ᄒᆞ믈며 쟝한옹이야 셩경현젼5)도 만히 보왓슬 ᄲᅮᆫ외라 집안 가풍이 무던ᄒᆞ던 터이라. 웃지 이 계집의게 혹ᄒᆞ야 금수에 힝위를 ᄒᆞ리요? 마음을 더욱 가다듬으며 쥰졀히 남으란다.

　"녀주라 ᄒᆞ는 거슨 졀힝을 웃듬으로 삼나니, 그ᄃᆡ가 비록 이 싱이를 ᄒᆞ야 먹을 망졍 쳔ᄒᆞᆫ 식쥬6)가 영업과 다르거던 엇지 이갓치 추ᄒᆞᆫ 힝위를 ᄒᆞ려 드느뇨?"

　⟨16⟩ 이 쇼리를 드르면 아모리 음탕ᄒᆞᆫ 계집이기로 붓그러온 싱각이 업스리요마는 이 계집은 웃지 된 계집인지 조금도 붓그러온 싱각이 업시 더욱 눈우슴을 치며 더 ᄒᆞᆯ 쇼리 업시 ᄒᆞ며 실난을 한다.

---

5) 셩경현젼(聖經賢傳) : 셩현이 남긴 글.

6) 색쥬(色酒) : 젊은 여자를 두어 술과 함께 파는 집.

"아마 그듸가 병신인가 보구료. 병신이 아닌 젹에 나 갓흔 계집을 보고 이갓치 가장 졈자는 쳬 홀 수가 잇단 말이요?"

(한웅) "허허. 늬가 여긔 잇다가는 암만 ᄒ야도 쥬인에게 의심을 밧겟군. 진작 가는 거시 올토다. 여보, 쥬인 아씨. 밥갑시 얼마요?"

(계집) "밥갑슨 아라 무엇ᄒ시랴요? 릭일 셰음ᄒ야도 될 걸."

(한웅) "그러면 릭일 와셔 셰음ᄒ리다."

ᄒ고 벌덕 이러서 나오랴 ᄒ니 계집이 이 거동을 보고 독이 머리 씃싯지 나셔 속으로,

'이놈을 그져 닉보닉면 이런 말을 스면에 가셔 홀 터이니 나는 이 장사도 못ᄒ야 먹을 쑨외라 셔방의게 장등에셔 누린⟨17⟩늬가 나도록 어더마지리니 이놈이 딕문 나가기 젼에 늬가 쇼리를 쳐셔 나를 겹측을 ᄒ라다가 쇼리를 치므로 밥갑도 아니 쥬고 도망ᄒ는 양으로 ᄒ면 셔방이 알드릭도 나는 그러케 아니 알고 이놈만 난졍을 쳐셔 노흘 터이니 분푸리도 되겟다.'

ᄒ고 쇼리를 질으며,

"이놈아! 밥갑시나 쥬고 다라나거라 이런 영업을 ᄒ셔 먹는다고 업신여기여 쥬인 사닉 업스물 타셔 겹측을

호랴다가 여의치 못호닌가 밥갑도 아니 쥬고 도망호랴 드느냐?"

한응이가 몸을 피호랴다가 쳔만뜻박게 계집이 이갓치 쇼리를 윗치미 증거도 업스니 어듸 가 발명을 호리요? 마음에 황당호야 엇지홀 쥴을 모르고 잇는데 듸문으로 깃침 쇼리가 두어 변 칵칵 나는데 계집이 급히 마주 나가며,

"영감이요? 마참 잘 드러오시요. 저녁 씌에 엇던 손 하나이 드〈18〉럭기에 밥을 히셔 쥬엇더니 밧갓방이 너무 츄호니 다른 방을 치워 달나 호기 힝동을 보니 과히 상업지 아니호기로 건는방을 치워 쥬지 아니힛쇼. 쳥보에 깃똥이란 말이 올슴씌다. 외양은 그릿치 아니히 보이더니 영감이 어듸 간는냐 호기로 동늬 말 가셔 아니 오시엿다 힛더니 흉악혼 마음을 먹고 손목을 잡으며 겁측을 호랴 들기 쇼리를 첫더니 밥갑도 아니 쥬고 도망을 호랴 드니 그놈을 쥬리를 한바탕 틀던지 돈을 밧고 보늬던지 호시요."

쥬인쟈가 이 쇼리를 반도 아니 듯고 안으로 바로 드러와 한응이를 잡어 안치고 졀을 호며,

"춤…. 뉘신지는 모르오나 텬하에 짝이 업스실가 홉니다. 조금도 마음에 엇지 아시지 마시옵쇼셔. 제 계집

이 이왕브터 힝실이 괴악흔 쥴은 알랏스나 진젹흠을 못 보와 ᄒ다가 오날 공이 집에 드시믈 보고 밧그로이 엿드 럿슴니다. 만일 공⟨19⟩이 계집과 갓치 희학[7]을 ᄒ시면 이 집을 불 질너 두 스름을 다 틱와 쥭이라 드럿슴니다. 만일 공이 정직ᄒ신 마음이 아니면 엇지 오날 화를 면ᄒ 럿가?"

한응이는 사나히 드르옴을 보고 마음에 무슴 봉변을 ᄒ거니 ᄒ고 잇다가 쥬인즈가 드러와 이갓치 ᄒ믈 보고 마음에 불힝 즁 다힝ᄒ야,

"네…, 틱이 쥬인쟝이요? 쥬인쟝이 다 드르셧다닌가 더 홀 말슴 업쇼. 그러나 오날 댁에 드러와셔 이갓치 됨 은 다 나의 실수이니 조금도 안쥬인에 틱ᄒ야 불편흔 말 슴 마시고 츠후로 단속만 단단히 ᄒ시요."

(쥬인) "아니올시다. 그런 계집년은 쓰거운 경상을 당히야 ᄒ지요. 졔가 공에게 틱ᄒ야 그러케 ᄒ다가 공이 듯지를 아니ᄒ시고 타셔 이르시니 회과홀 싱각은 업고 도로혀 공을 모함ᄒ야 못된 스름을 민들나 든단 말슴이 온닛가?"

---

[7] 희학(戲謔) : 실없는 농담이나 함부로 장난을 하는 것.

⟨20⟩ ᄒᆞ고 계집에 머리치를 붓드러 동댕이를 치며,

"이년! 너도 스름이지? 인형을 썼스면 엇지 저런 양반을 못된 쌍의다가 쌔지시게 흔단 말이냐, 응…? 이 년… 너 갓튼 년은 한 믜에 처 죽이여야지, 살이여 두엇다가는 이다음에 멧 스름을 굿칠는지 알 수가 잇니?"

ᄒᆞ며 뵈는 듸로 드립더 두둘기는듸 계집은 한응이를 익믜히 잡아 졔 독푸리를 ᄒᆞ랴다가 쳔만쯧밧게 졔 셔방이 밧게셔 엿드럿스니 입이 열두리나 된들 무어시라 ᄒᆞ리요? 쩌릴 수록 이구구 쇼리를 치며 젼후 악독을 핀다.

"이놈아! 쩌려 쥭이여라, 응…? 이놈아! 너구 나구 안니 살면 구만이로고나! 응…? 웨… 쩌리니? 이구구, 이놈이 사롬 쥭인다…."

ᄒᆞ고 악을 쓰는데 한응이가 셔셔 보다가 달이여들러 쥬인을 잡으며,

⟨21⟩ "여보, 쥬인! 이거시 무슴 상버르시요? 말로 히도 넉넉헐 걸!"

(쥬인) "아니올시다! 이런 년은 하로 열두 시로 마져도 힝실을 못 곳침니다. 이년은 분푸리나 실컨 ᄒᆞ야 바리깃슴니다."

ᄒᆞ고 말일 시도 업시 함부로 두다리니 자연 동리가 뒤집피여 압집 뒤집에셔들 하나식 둘식 와셔 것트로는 말

리는 체ᄒ고 속으로는 모다 상쾌이 여기여 ᄒ는 말이라.

"춤… 상쾌ᄒ다! 그런 년은 죽여도 싸다. 만일 아모가 엿듯지만 ᄒ지 아니 힛던덜 이모헌 스름 하나만 바릴 번 힛지. 에… 텬하에 고약ᄒ 년도 만타."

나무 귀에 들이게는 아니ᄒ나 속으로는 기기이 다 이 갓치 마음을 먹으니 엇지 질기여 잘 말이리오? 씨리게 되면 한번이라도 씨릴 처지라 엇지 선악에 공번되미 업스리오? 이날 밤을 한번도 눈을 붓처 보지도 못ᄒ고 셔셔 날를 발키는듸, 게집은 반즘 죽어 느러졋는데 쥬인이 밧그로 나가더니 다 쎠러진 보교를 갓〈22〉다가 게집을 친정으로 좃차 보닉고 한응에게 무수이 사과를 ᄒ다.

"이 스름이 게집을 잘못 둔 타스로 하로밤 쉬어 가시랴다가 욕만 보시고 가시게 ᄒ오니, 불안ᄒ 마음 엇지 다 말슴 ᄒ깃슴닛가?"

(한응) "이런 말슴 다시 ᄒ시지 마오. 공연이 왓다가 댁에 풍파만 이리키고 가오니 미안홈은 칭양홀 수 업스나 다만 바라는 바는 아모쏘록 다시 사시기를 바라오."

(쥬인) "미안ᄒ신 싱각에 ᄒ시는 말슴이오나 그 게집이 장가 간 게집도 아니오, 잠시 만나 스는 게집이오니 조금도 미안ᄒ야 ᄒ시지 마시요. 그러나 셔울른 엇지 ᄒ야 오심닛가?"

(한웅) "과거 보라 올나오는 길리요."

(쥬인) "네… 그럿슴닛가? 저는 이 싱이를 폐지ᄒ고 문안 저 잇던 댁으로 도로 드러가깃슴니다."

⟨23⟩ (한웅) "문안 어듸요?"

(쥬인) "네… 저는 본이 직동 허 의정 딕 별비올시다. 드른즉 허 의정 딕감게셔 이번 과거에 쟝원ᄒ시는 양반으로 서랑을 숨으신다 ᄒ오니 아모쪼록 쟝원ᄒ시기를 바람니다."

(한웅) "쟝원을 엇지 바라깃쇼?"

ᄒ고 쥬인과 작별ᄒ 후 문안으로 드러올시 속으로,

'허… 작년에 만나던 쟝님에 말리 근ᄉᄒ게 마저 오는걸. 불에 타셔 죽기가 쉬우나 마음만 정직ᄒ면 면ᄒ리라더니. 관연 마음만 불량ᄒ얏던덜 화쟝을 지닐 번힛지. 쏘 물에 가 싸저 죽기가 쉽다 ᄒ니 엇지 될랴노?'

ᄒ며 이왕 잇던 사관으로 뎡ᄒ고 과일을 기다리더니 ᄒ로는 울젹ᄒ믈 못 이기여 진고기로 두루 산보를 다니다가 일긔가 저물게야 사동 려관으로 도라올시 사동 동구를 당도ᄒ니 벌서 저녁을 다 히셔 먹고 딕문을 혹 닷친 집도 잇고 아직 아니 닷친 ⟨24⟩ 집도 잇는데 사동갓치 큰 길리 엇지 그리 고요ᄒ던지 하늘에는 별만 반짝반짝ᄒ고 쌍에셔는 여기져기서 기 짓는 쇼리만 컹컹 나는지

라. 발를 자로 놀이여 급피 사관을 힝ᄒᆞ고 오는디 별란간 키가 범강장달리 갓튼 놈 너더시 달이여 드러 이 말 저 말 업시 등치를 모라 족불이디8)ᄒᆞ게 모라가거늘 한 웅이가 무ᄉᆞᆷ 일인지도 모르고 벌벌 썰며,

"누구신듸 별란간 ᄉᆞ름을 이러케 모라가오?"

(그놈들) "가 보면 자연 알지 쥭을 썩 쥭드리도 호강은 한번 잘ᄒᆞ다."

ᄒᆞ고 웃던 집으로 드러가더니 방에다가 드리여 안치는디 졍신을 수습ᄒᆞ고 좌우를 도라보니 일신히 수리를 ᄒᆞ얏는데 문방제구9)며 의장제구를 다 근일신제로 버리여 녹코 괘종이며 좌종은 여기저기서 졧걱졧걱ᄒᆞ는데 아모리 보와도 신방인 듯ᄒᆞ더라.

디졔 이 집은 김 판셔 집이니, 김 판셔가 당시 리죠판셔로 부귀공명이 죠야에 써릴 거시 업스나 다만 슬하에 아달 하나이 〈25〉 업고 쏠 명하 쇼졔를 두엇스미 금지옥엽갓치 길너 사위 자미나 보고자 ᄒᆞ야 어디던지 용한 슐

---

8) 족불리지(足不履地) : 발이 땅에 닿지 않을 정도로 매우 급히 가는 모습을 표현한 말.

9) 문방제구(文房諸具) : 학용품이나 사무용품을 통칭하는 말.

긱이 잇다 ᄒᆞ면 젼지 다쇼를 불계ᄒᆞ고 사쥬를 보는듸, 한 졈쟝이가 명하 쇼졔의 사쥬를 보더니 입마슬 쩍쩍 다시고,

"허… 그 사쥬 이상ᄒᆞ다. 오복이 구비ᄒᆞ야 장릭의 영화는 더 말헐 수 업스나, 큰일이 ᄒᆞ나이 잇는듸 이 일을 엇더케 ᄒᆞ면을 흔담… 웅…?"

김 판셔가 안저셔 담뷔를 먹다가 이 쇼리를 듯고,

"웅…? 사쥬가 엇더케 되여셔 그리ᄒᆞ오?"

(슐긱) "말솜ᄒᆞ기가 딕단 어려온 걸료."

(판셔) "글셰, 웨 그리ᄒᆞ오? 사쥬를 볼 젹에는 평싱 길흉을 알ᄌᆞ고 보는 거시 아니요? 그런데 죠흔 말만 ᄒᆞ고 흉ᄒᆞᆫ 말은 아니홀진듸 출아리 아니 보는 거시 올치 아니ᄒᆞ오?"

(슐긱) "암… 그러습지요. 다른 거시 흉ᄒᆞᆫ 거시 아니라 남ᄌᆞ로 말〈26〉ᄒᆞ면 샹쳐 수가 잇스니 이런 딱ᄒᆞᆫ 일이 잇슴닛가?"

판셔가 이 말를 듯고 쌈작 놀나며,

"그러면 과부가 되깃단 말리로구료?"

(슐긱) "그러탄 말솜이지요."

(판셔) "혹 면ᄒᆞ는 방법이 잇쇼?"

(슐긱) "한 방법이 잇지요마는 딕단 어려온걸료."

(판셔) "엇더ᄒ기에 어렵단 말리요? 돈 갓튼 거슨 얼마가 들던지 홀 거시니 말을 ᄒ오."

(슐긱) "돈도 들 거시 업지요마는 스름 ᄒ나이 죽어야 관게업시 수를 쎡고 아모 일이 업겟는걸요."

(판셔) "스름 ᄒ나이 엇더케 죽는단 말이요?"

(슐긱) "달니 죽는 거시 아니라 즉 처음에 가신랑 ᄒ나를 믿드러 잠간 신부와 갓치 안치어 두엇다가 가신랑을 즉시 물에다가 너셔 죽이면 이 수를 쎡겟습니다."

〈27〉 판셔가 이 말을 듯고 한춤 안저셔 무슴 싱각을 ᄒ더니,

"허허… 그딕에 말을 드르니 닉 ᄌ식에 팔ᄌ가 그러타니 놀납기는 놀납쇼마는 그 일이야 엇지 춤아 ᄒ단 말이오? 닉 ᄌ식은 팔ᄌ가 사나와 그러케 된다 ᄒ려니와 ᄯ로 이모히 죽는 스름은 누구란 말이오? 이는 도로혀 앙화를 밧을 짓이닛가 아니ᄒ는 거시 올소."

(슐긱) "그러ᄒ기에 딕감쎡 즉시 말숨을 못 호 거시올시다. 그러나 딕 소졔를 위ᄒ시랴면 출하리 진작 그러케 예방ᄒ시는 거시 낫지, 만일 진정 그러케 불ᄒᆼ호 일을 보시면 엇지 ᄒ심닛가?"

(판셔) "그딕 말도 그러홀 듯ᄒ오마는 닉 ᄌ식 팔ᄌ 조케 ᄒ랴고 싱스름을 죽인단 말이요?"

(슐긱) "디감에 말슘이 디단 고맙슴니다. 디감 인즉 ᄒ신 마음이 예방 아니ᄒ시여도 이 익을 면ᄒ겟슴니다."

〈28〉 김 판셔는 남즈에 ᄆ음이라 일이 불가ᄒ 쥴 알고 거절ᄒ얏스나 이썩 마츰 민 부인이 쇼제의 사쥬 본단 말을 듯고 시비 옥셤이를 닉보닉여 말을 엿듯고 오라 ᄒ얏더니 옥셤이가 이 말을 듯고 셧다가 김 판셔가 거절ᄒ든 쇼리ᄭ지 듯고 안으로 급히 드러오며,

"마님…! 마님…!"

(민 부인) "웨… 그리ᄒ니? 사쥬 보는 스룸이 무어시라고 ᄒ던?"

(옥셤) "사쥬 보는 이가 이리이리ᄒ는데 디감ᄭ셔 그러케 못ᄒ는 법이라 ᄒ시고 거절을 ᄒ셰요."

죠션 녀편네들은 디가집 녀즈이나 여렴집 녀즈이나 셩졍이 엇더ᄒ고 ᄒ니 아ᄒ가 감긔만 좀 알아도 무당이나 판슈에게 문복을 ᄒ야 돈을 쓰라는 디로 물쓰듯 ᄒ야 안틱경을 읽는다 구슬 ᄒ다 ᄒ는 못된 셩졍이 잇는데, ᄒ믈며 아들도 하나 업고 다만 ᄯ올 ᄒ나만 잇셔 불면 날가 쥐면 써질가 ᄒ는 ᄯ아님 ᄒ나 둔 민 부인이야 〈29〉 말히셔 무엇ᄒ리오?

민 부인이 옥셤에 말을 듯고,

"그릭…. 디감ᄭ셔 못ᄒ는 법이라 ᄒ시던?"

(옥셤) "네… 못ᄒᆞ다 ᄒᆞ셰요. 니 ᄌᆞ식 팔ᄌᆞ 조케 ᄒᆞ랴고 ᄂᆞᆷ의 ᄌᆞ식을 죽인단 말이냐 ᄒᆞ시던 걸요."

부인이 ᄒᆞᆫ춤 안져셔 무슴 싱각을 ᄒᆞ더니,

"오냐! 고만 두어라! 듸감씌 이런 말 드른 쳬ᄒᆞ지 마라."

(옥셤) "네… 드른 쳬 아니ᄒᆞ겟습니다."

ᄒᆞ고 옥셤이는 소제 방으로 가고 민 부인이 혼ᄌᆞ 안져셔 무슴 궁리를 ᄒᆞ는데 김 판셔가 슐긔을 보닉고 안으로 드러오더니 부인이 무슴 싱각ᄒᆞ는 눈치를 보고 우스며,

"부인은 무슴 싱각을 ᄒᆞ고 안지셧소?"

(부인) "싱각이 무슴 싱각이오닛가? 그러나 명하에 ᄉᆞ쥬가 엇더타고 희요?"

(판셔) "ᄉᆞ쥬라는 거시 어듸 잇단 말이오? 공연히 흘 말 업스닛가 이〈30〉러니저러니 ᄒᆞ는 말이지."

(부인) "그러키는 ᄒᆞ지요마는 정말이던지 거짓말이던지 조키는 ᄒᆞ듸요?"

(판셔) "조키는 퍽 좃습듸다마는 누가 아오?"

ᄒᆞ고 조복을 닙고 딕궐노 드러간 후 부인이 옥셤을 다시 불너 압헤다가 갓가히 안치고

"이이, 옥셤아. 네 젼동 최 장님 집이 가셔 종용히 사쥬 보던 ᄉᆞ름에 말을 ᄒᆞ고 그리ᄒᆞ는 거시 조타 ᄒᆞ거던

어느 날이 조흐냐고 날을 밧아 오나라."

옥셤이가,

"네…."

ᄒ고 소졔 방으로 도로가셔 옷슬 가라닙는데, 소졔가 《열녀젼》을 보다가 옥셤에 옷 가라닙는 거슬 보고,

"너…, 어듸 가니?"

⟨31⟩ (옥셤) "네…. 마님끠셔 젼동을 다니여 오라고 ᄒ셰셔 감니다."

(소져) "젼동은 어듸란 말이냐?"

(옥셤) "최 쟝님 집이람니다."

(쇼져) "최 쟝님 집은 무슴 일로 별안간 간단 말이냐?"

(옥셤) "다른 일로 가는 거시 아니라 쇼져 일로 가요."

(쇼져) "웨…? 늬 일로 간단 말이냐?"

(옥셤) "무슴 일인고 ᄒ니 스쥬 보는 스름이 여츠여츠 ᄒ는데 듸감끠셔는 말슴도 아니ᄒ시는데 졔가 듯고 마님끠 말슴ᄒ얏더니 가셔 무러보고 오라고 ᄒ셰요."

쇼졔가 이 말을 듯더니 양협에 불근 긔운을 쯔히고 안졋더니 옥셤이를 다시 쳐다보고,

"이이, 옥셤아! 최 쟝님에게 갈 것 업다. 나와 갓치 마님끠 가쟈."

(옥셤) "마님끠 가시면 엇지ᄒ시랴고 ᄒ심닛가? 공연

히 소인네만 입지다고 쑤쥬람만 듯게요."

〈32〉 (쇼져) "아니다. 염녀 말고 가자. 마님도 망녕이시지. 그게 무슴 짓이란 말이냐? 너가 못ᄒ시게 ᄒ겟다."

(옥셤) "다른 일은 모르겟슴니다마는 이런 일에야 엇지 못ᄒ시게 ᄒ셰요?"

(쇼져) "아모리 규즁 녀ᄌ기로 이런 일을 ᄒ시게 혼단 말이냐?"

ᄒ고 옥셤을 다리고 부인끠로 오니 부인이 쇼져와 갓치 오믈 보고 속으로,

'저년이 ᄯ 익이더러 말을 ᄒᆫ나? 만일 힛스면 ᄆᆞ음이 사니 년석 갓히셔 못ᄒ게 ᄒ렷다? 아모리 네가 못ᄒ게 ᄒ면 쇼용 잇니? 니가 ᄒ랴면 ᄒ지.'

ᄒ고 눈치를 알고 잇는데 쇼져가 압헤와 삽푸시 안지며,

"어마님, 옥셤이를 무슴 일노 최 장님에게 보니심닛가?"

(부인) "웨…? 그거슨 아라 무엇 ᄒ니? 어룬이 ᄒ는 일을."

(옥셤) "쇼져끠셔 하 무러 보시기에 바로 리약이를 힛슴니다."

〈33〉 (부인) "이익, 아가, 웨… 옥셤이에게 듯고 ᄯ 나

더러 무러보니?"

(쇼져) "어마님 ᄒᆞ시는 일이 도시 망녕이올시다. ᄉᆞ룸이라 ᄒᆞ는 거슨 화복을 다 졔가 지으ᄂᆞ니 지공무ᄉᆞᄒᆞ신 하ᄂᆞ님이 션ᄒᆞᆫ 자는 복을 쥬시고 악ᄒᆞᆫ 자는 화를 쥬샤 조금도 편벽됨이 업거늘 엇지 ᄉᆞ룸이 하늘이 ᄒᆞ시는 거슬 능히 졔어ᄒᆞ며 믿들리잇가? 사쥬 보던 ᄉᆞ롬에 말과 갓흘진딘 이것도 쇼녀에 팔ᄌᆞ이요, 아니 됨도 쇼녀에 팔ᄌᆞ이라. 엇지 팔ᄌᆞ를 도망ᄒᆞ리잇가? 만일 그러케 ᄒᆞ면 도로혀 화를 지음이오니 널니 싱각ᄒᆞ샤 망녕된 일을 ᄒᆞ시지 마옵쇼셔."

부인이 이 말을 듯고 한춤 안져셔 담비만 퍽퍽 쌔라 먹더니,

"오냐! 네 말도 그러ᄒᆞᆯ 듯ᄒᆞ다마는 ᄉᆞ룸이 쯧밧게 횡익도 업다 ᄒᆞᆯ 슈 업ᄂᆞ니라. 이런 일은 늬가 다 아라 ᄒᆞᆯ 거시니 너는 부당ᄒᆞᆫ 참견ᄒᆞ지 말고 가셔 잇거라! 네가 만일 못ᄒᆞ게 ᄒᆞ면 늬가 쥭어 이 쏠 저 쏠 아니 보겠다."

〈34〉쇼져가 쏘 무어시라 ᄒᆞᆯ가 ᄒᆞ야 아조 이갓치 말을 ᄒᆞᄆᆡ 쇼져가 다시 무슴 말을 ᄒᆞ랴다가 쥭겟다 ᄒᆞ는데 다시는 말을 못ᄒᆞ고 이러셔며,

"어마님, 깁히 싱각을 ᄒᆞ십시오."

ᄒᆞ고 방으로 도라와 싱각ᄒᆞ되,

'어머니 셩미에 그엿코 ᄒ실 터이니 나는 그 스룸을 그엿코 살니여 보닐 도리를 ᄒ리라.'

이갓치 ᄆ음을 먹고 잇는데 부인은 옥셤이를 최 장님 집으로 보닉여 무러보니 장님들은 이런 즈리를 못 어더 ᄒ던 추에 이 쇼리를 드르민 귀가 번쩍 ᄶ여 산통을 닉여 졈을 쳐서 보더니,

"허허, 춤. 그 사쥬 보던 스룸이 용ᄒ오."

(옥셤) "어룬이 아니오 아희오니 말슴 나츄 ᄒ십시오."

장님들이라는 거시 음흉ᄒ기는 유명ᄒ 즈이라. 아희란 말을 듯고 션우슴을 썰썰 우스며,

〈35〉 "응…. 아희야! 나는 어룬이라구. 일홈이 무어시냐?"

(옥셤) "옥셤이올시다."

(장님) "옥셤아, 이 압흐로 갓가히 안져서 자셔히 드럿다가 졍경 부인쯰 쏙쏙이 엿쥬어라."

(옥셤) "네… 염녀 마시고 어서 일너 쥬십시오."

(장님) "춤…. 사쥬징이가 용ᄒ다! 사쥬징이 말과 ᄀ치 가신랑 ᄒ나를 죽이고 쏘 돈 쳔이나 드리여 안틱경을 읽던지 명당경을 읽던지 ᄒ야지 좃켓습니다고 엿쥬어라. 쏘 날즈는 어느 날이 조흔고 ᄒ니 사월 이일이 좃슴

니다고 엿쥬어라, 응…? 옥셤아, 자셰히 드럿니?"

(옥셤) "네… 자셰히 드럿슴니다. 안령히 계십시오."

ᄒᆞ고 부인에게로 오니 부인이 오기를 기다리다가 옥셤이 옴을 보고,

"인졔야 오느냐? 그릭 쟝님이 무어시라고 ᄒᆞ던?"

〈36〉 옥셤이가 쟝님에 ᄒᆞ던 말을 하나 아니 쎼여 놋코 다 고ᄒᆞ니, 부인이 날ᄌᆞ를 쳐셔 보더니,

"올타! 그 날은 듸감씌셔 듸궐 번 드시는 날이다."

ᄒᆞ고 돈을 닉여 쟝님에게 보닉고, 일변 하인들을 식키여, 밤즁에 엇던 스름이던지 아희던지 어룬이던지 졂은 거스로만 잡아 오라 ᄒᆞ얏는듸, 마츰 이날 쟝한응이가 붓들리엿더라. 한응이가 방에 안져셔 동졍만 보는데 일위 쇼져가 드러와 운목에 가 안더니 한응을 쳐다 보고 얼골에 붉은 긔운을 씌우고,

"규즁 녀ᄌᆞ로 이러케 몬져 말숨ᄒᆞ는 거슨 녀ᄌᆞ에 힝실이 아니오나 몬져 말숨홈은 부득이홈이니 허물치 마시웁쇼셔. 뵈와ᄒᆞ니 상스름은 아니오 싀골 션비 갓흐시니 댁이 어듸신지 실로 가이 업슨 일이올시다."

한응이는 무슴 영문인지도 모르고 안졋다가 이팔쯤 된 졀듸가인이 드러와 이갓치 말홈을 듯고 자셰히 삷히여보니 아즉 츌〈37〉가치 아니ᄒᆞᆫ 계집아희라. 자리를 곳

치여 안지며,

"네… 나는 은진 스름으로 과거 보라 왓는데, 별안간 이 일이 꿈인지 싱시인지 알 수가 업스니 웬일이요?"

(쇼져) "이것저것 아실 것 업쇼."

ㅎ고 의장을 열더니 금 한 덩이를 쥬며,

"금이 잇스면 귀신도 부린다고 ㅎ눈 말도 잇스니, 물에 너흘 씌에 하인들을 쥬어 명을 구ㅎ야 보시오."

한응이가 이 말을 드르미 어이가 업셔 금을 밧아 넛코 안젓다가,

"여보. 나를 물에다가 넛는다니 무슴 싱듥이오? 좀 알기나 ㅎ고 죽읍시다."

(쇼져) "그거 아실 것 업지요. 금으로 인정이나 써서 보시오."

(한응) "그러면 이 집은 뉘 집이요? 집이나 좀 압시다!"

(쇼져) "집을 못 가르처 드릴 거슨 업지오마는 굿타여 집도 아실 것 업쇼."

〈38〉 ㅎ고 밧그로 홱 나가는지라. 다시 말 무러볼 시도 업셔 방만 휘이 도라보며 장님에 싱각을 ㅎ고 마저 드러가는 거시 신통ㅎ야 속으로,

'아마 그 장님이 범인은 아니든 거시로군. 엇지ㅎ면 이갓치 여합부절[10] 홀가? 물에다가 넛는다니 그거슨 겁

아니 난다. 늬가 일즉이 헤음치는 법을 아니 셜마 죽으랴?'

이갓치 무음을 단단히 먹고 잇는데, 잡아오던 구종11)들이 다라들어 밧그로 잡아니 가더니 큰 궤에다가 넛코 잠을쇠로 잠으는지라. 강약부동12)으로 궤 속에 드러가셔 싱각을 ᄒ니 아모리 헤음을 친들 엇지 살기를 바라리요? 속으로 긔막힌 말은 이로 말ᄒ 수 업스나, 다힝히 금 잇는 것만 밋고 동졍을 보는데, 메이고 얼마쯤 가는데 길에셔 소리를 질으고 십흐나 그놈들이 무슴 힝실을 필가 ᄒ야 참고 잇더니 한춤 만에 그놈들이 셔로 짓거리며 ᄂ려놋는다.

〈39〉 "휘… 더워! 룡산이 이러케 멀가? 혼몸으로 오는 것보다 딕단이 힘이 드네. 에그! 저 물 보와라."

ᄒ더니 안져셔 쉬며 담비를 먹는 모양이라. 한웅이가 궤 속에셔,

---

10) 여합부절(如合符節) : 원래의 조각을 맞춘 듯 꼭 들어맞음.

11) 구종(驅從) : 말고삐를 잡고 주인을 모시는 하인.

12) 강약부동(强弱不同) : 힘의 세기가 한쪽은 강하고 다른 한쪽은 약해 상대가 되지 않음.

"여보. 이 량반들! 니 말 좀 드르시요."

한 놈이 잇다가,

"허… 참! 가이업슨 일이요. 무숨 말이요? 홀 말 잇거던 ᄒ시요."

(한응) "이 일이 무숨 일이요? 좀 알고나 죽읍시다."

(그놈) "죽을 스름이 골돌히 알아 무엇 ᄒ오? 알면 속만 더 답답ᄒ지."

(한응) "죽을 쎡 죽더리도 좀 압시다그려."

(그놈) "알아 쇼용업쇼."

(한응) "졍 아니 가르처 쥬시랴거던 이것이나 갓다가 논하 가지시요."

(그놈) "그거시 무엇이란 말이요?"

〈40〉 (한응) "니게 금 한덩이가 잇스니 갓다 쓰시오. 죽는 스름이 금은 히셔 무엇 ᄒ겟쇼?"

그놈들이 금이 잇단 말을 듯고 저이끼리 공론을 흔다.

"여보. 실상 죽는 스름이 금은 히셔 무엇 ᄒ나? 그거슨 우리나 쓰세그려."

(한놈) "열쇠가 잇셔야지 궤를 열지 아니ᄒ나?"

(한놈) "진정 금이 잇스면 씌트리지 어려울 것 잇나?"

(한놈) "단단히 무러 보고 궤를 씌트리세."

ᄒ고 압흐로 오더니 궤를 탁탁 치며,

"여보. 정말 금이 잇쇼? 만일 궤를 씨트렷다가 금이 업스면 곳 박살을 ㅎ고, 잇스면 살리여 보닐 터이니 바로 말을 ㅎ오."

(한응) "네…! 정말 잇스니 궤를 씨치고 보시오."

그놈들이 이 말을 듯고 궤문을 부스고 한응을 쓰러닉며,

"어듸 잇쇼?"

〈41〉 ㅎ고 불안당 쎄갓치 한응을 가온듸다가 세우고 네 놈이 쑥 돌나셔는지라. 한응이가 급히 쥬머니에셔 금을 닉여쥬며

"자…. 보시요. 이거시 금이 아니요?"

그놈들이 쏘장13) 금을 보더니 입이 썩 버러져셔 밧아가지고 또 공론이 부산ㅎ다.

"금을 우리가 가지기는 가젓지마는 살리여 보닛다가는 우리가 큰 걱정을 아니 드를가?"

(한놈) "걱정이 무슴 걱정인가! 우리 네시셔만 입 밧게 닉지 아니ㅎ면 고만이지."

(한놈) "우리 네시셔만 입 밧게 아니 닉는게 쇼용 잇

---

13) 짜장 : 진짜로.

나? 저 스름이 말을 ᄒᆞ면 주연 쇼문이 나지!"

한응이가 이 말을 듯고 얼풋 발명ᄒᆞ야 말을 ᄒᆞᆫ다.

"아… 여러분이 살리여 쥬신 덕이 틱산 갓흔데 이런 말을 어듸서 ᄒᆞᆫ단 말이요? 나는 바로 싀골로 가겟쇼."

〈42〉 그중에 늙은 자가 잇다가 압흐로 썩 나서며,

"여보게. 우리들이 나종에 쑤종 듯는 것을 겁히셔 금셋고 ᄯᅩ 그 스름을 죽인단 말인가? 그거슨 도져히 의리가 아닐셰!"

ᄒᆞ고 한응을 도라보며,

"여보. 공연히 셔울 잇지 말고 바로 고향으로 ᄂᆞ려가시오. 만일 셔울셔 맛나면 우리가 가만히 아니 둘 터이요!"

(한응) "네…, 셔울 잇슬 리가 잇쇼? 이 길로 즉시 싀골로 가겟쇼."

바로 죽을 죄나 졋다가 사히 쥬는 것이나 다름 업시, 이갓치 말을 ᄒᆞ고 뒤도 아니 도라보고 훤이 뵈는 길을 가며 속으로,

'허허! 세상에 빙낭ᄒᆞᆫ 일도 잇군. 니가 이거시 쑴인가 싱시인가? 싱시 갓흐면 그 집이 뉘 집인지 좀 알앗스면 아니 죠흘가? 뉘 집을 모를진듸 그놈에 얼골이나 알앗더면 죠흘 거신데. 캄캄ᄒᆞᆫ 밤중이라 음성만 들엇스니 알

수 업고 단지 아는 거슨 그 집 방만 드러가 보면 알 거시요, 처녀는 보왓다 히도 어〈43〉렴풋ᄒ니 알 수 잇나?'

ᄒ며 얼마를 왓던지 사면에서 둙이 홰를 치고 쏙기오 소리가 셔너 츠례 나더니 동에 주먹 갓흔 큰 별이 소스며 ᄉ름 알아보기 조흘 만ᄒ야, 한 문을 당도ᄒ야 쳐다 보니 돈의문(敦義門)이라 ᄒ얏거늘,

'허… 닉가 어듸로 도라왓길닉 이리 왓노? 앗가 그놈에 말이 룡산이라고 ᄒ든듸 필경 앗가는 남딕문으로 나 갓스럿다 엇지힛던지 사관으로 가리라.'

ᄒ고 사관을 차저오니 쥬인이 벌셔 니러나 나와셔 딕 문 압흘 쓸다가 한웅의 옴을 보고 깜작 놀나며,

"아… 셔방님 엇저녁은 어듸 가셔 쥬무시고 이 싀벽에 오심닛가? 공연히 졀무신 터에 긱회를 풀나 다니심닛가? 졀무나 졀무신 량반이 몸조심을 ᄒ셰야 홉니다."

(한웅) "별 말슴을 다 ᄒ시는구료. 나를 어듸로 보기로 그럴 ᄉ름〈44〉이요? 어제 산보 갓다가 우수운 광경을 당ᄒ고 인졔야 오는 걸이요."

(쥬인) "무슴 일을 당ᄒ시엿셰요?"

(한웅) "ᄎᄎ 아시면 아시지요. 이러케 급히 아실 것 업쇼."

ᄒ고 방으로 드러가 두러누어 가만히 싱각을 ᄒ야 보

와도, 그 집이 어듸쯤인지 알 수가 업는지라. 인히 눌너 한줌을 즈고 나니 엇지 싱각을 ᄒᆞ야 보면 쑴도 갓고 엇지 싱각ᄒᆞ면 싱시도 갓히셔, 조반을 늬다 먹은 후 의복을 다시 가라닙고 밧그로 나와 사면을 도라보다가,

"에라! 늬… 어제 잡히든 데는 아니 그리 가서 형편을 보리라."

ᄒᆞ고 사동 동구를 와서, 아모리 형편을 본들 별안간 사직동 김 판셔 집으로 정신 치릴 시 업시 모라왓다가 궤의다가 담아 룡산으로 나갓스니 엇지 알리오? 입속으로,

⟨45⟩ '에라, 고만 두어라. 알면 무엇 ᄒᆞ니? 다힝히 살앗스니 고만이지. 그러나 그 처녀는 도로혀 늬게 은인이라고 홀 수도 잇지. 아모 ᄶᅵ던지 ᄒᆞᆫ번만 보왓스면 아니 조흘가!'

ᄒᆞ고 사관으로 도라와셔 ᄎᆞ후로는 공부를 복습ᄒᆞ며 과일을 기다리더니, 어언간 사월 십오일을 당ᄒᆞ니 이 늘이 즉 과일이라.

사방 션비가 구름 모히듯 ᄒᆞ야 츈당디14) 압들이 인산인히15)를 일우어, 각기 평싱 지조를 쓰는데, 각기 문제

---

14) 춘당대(春塘臺) : 과거를 시행하던 곳으로 창경궁 안에 있는 대(臺).

를 보고 글을 지어 밧치고 방을 기다리더니, 이슥혼 후에 어듸셔 소리를 쳐서 부른다.

"쟝원에 쟝한웅이가 누구요?"

호거늘 쟝한웅이가 이 소리를 듯고 속으로 싱각이 드러가기를,

"혹 나와 갓흔 동셩동명이 잇나? 이 만흔 스름에 닉가 쟝원호기를 엇지 바라리오?"

호고 진시 디답을 아니호고 잇는데 또 소리를 질너 외인다.

〈46〉 "츙쳥도 은진 스는 장○○의 아들 쟝한웅이가 누구요?"

호거늘 이쩌야 비로소 즈긔가 덕실16)흔 줄 알고 압흘 헛치고 나셔며,

"네… 닉가 쟝한웅이요."

호니 그 호명호던 즈가 압흘 인도호야 어젼17)에 복

---

15) 인산인해(人山人海) : 사람들로 산과 바다를 이룬 듯 많은 사람이 있음을 이르는 말.

16) 적실(的實) : 틀림없이 확실함.

17) 어전(御前) : 임금님 앞.

지18)ᄒᆞ니 상이 인견ᄒᆞ샤 보시고 위인을 못ᄂᆡ 칭찬ᄒᆞ시고, 당장 어젼에 실릭를 불리시고 한림을 졔수ᄒᆞ시니 만조빅관에 뉘 아니 칭찬ᄒᆞ리오?

이ᄯᅥ 김 판서가 장한웅에 위인이 범연치 아님을 보고 탑젼에 부복ᄒᆞ야 알외되,

"이번 장원은 소신이 사위를 삼겟ᄉᆞ오니 특허ᄒᆞ야 쥬시옵소셔."

상이 이 알윔을 드르시고 흔연히 허락ᄒᆞ시랴 ᄒᆞ는데 우의졍이 ᄯᅩ 알외되,

"이번 장원은 소신이 사위를 삼겟ᄉᆞ오니 신에게 허락ᄒᆞ야 〈47〉 쥬시옵소셔."

상이 우스시며,

"두 경이 이갓치 말을 ᄒᆞ니 뉘게는 허락ᄒᆞ고 뉘게는 아니ᄒᆞ리오. 조흔 수가 잇스니 짐19)이 ᄒᆞ라는 딕로 ᄒᆞ라."

ᄒᆞ시고 졉이 둘을 졉어 던지시는지라. 허 의졍과 김 판셔가 각기 ᄒᆞ나식 집어 펴셔 보니 김 판셔가 공을 집엇는지라. 상이 보시고 룡안에 우슴을 먹음으시며 김 판

---

18) 복지(伏地) : 땅에 엎드림.

19) 짐(朕) : 임금이 자신을 가리키는 일인칭 대명사.

서를 보시며,

"경의 녀식이 지금 몃 살이뇨?"

(김 판서) "지금 십륙 셰 올시다."

상이 또 허 외경을 도라보시고

"경의 녀식은 몃 살이뇨?"

(허 의정) "지금 십칠 세올시다."

상이 김 판서를 도라보시고

"셰상 일이 범연혼 거슨 업셔, 경의 녀식은 혼 살이 덜ᄒ니 릭〈48〉년쯤 희도 조겟고, 의정의 녀식은 올을 지닉면 과년이 될 터이닛가 이러케 된 거시니 조금도 셥셥히 아지 마오."

김 판서가 또 다시 국궁을 ᄒ며,

"위셔 ᄒ시는 일이오니 엇지 셥셥ᄒ야 ᄒ리잇가?"

ᄒ고 물너셔나 엇지 셥셥지야 아니ᄒ리요! 집으로 도라와 민 부인을 보고,

"허… 이번에는 그여코 사위를 보즈 ᄒ엿더니 이리이리ᄒ야셔 허 의정이 사위를 삼엇는걸."

(민 부인) "스름은 엇더ᄒ요?"

(김 판서) "은진 스는 스름인데 츌즁ᄒ게 싱기엿습듸다."

(민 부인) "엇지 힛던지 익기가 길년은 늦게 트인 거

시야요."

ᄒ고 서로 섭섭ᄒ야 ᄒ더라.

이ᄯᅦ 허 의졍이 장한웅을 쳥ᄒ야 ᄌ긔 집으로 ᄀᆺ치 가셔 사랑에다 안치고 안으로 드러가며 부인 리씨를 보고,

⟨49⟩ "여보 마누라! 이번 과거의 쟝원 쟝한웅은 여ᄎ여ᄎᄒ야 ᄂᆡ 사위가 되지 아니힛소?"

리 부인이 이 말을 듯고 반기며,

"ᄎᆷ 잘되엿습니다. 올이 ᄯᅩ 넘고 보면 아조 과년이 될가 ᄒ고 걱정을 무수히 힛더니 아마 올이 길년인가 보이다."

ᄒ고 못ᄂᆡ 조화ᄒ며 쇼져 옥화를 불너 압헤 안치고 등을 어루만지며,

"너로 ᄒ야 미일 ᄌ나 ᄭᆡ나 걱정이더니 오늘이야 마음을 놋는구나."

좀체 녀ᄌ 갓ᄒ면 이런 말을 드르면 붓그러와 아미를 숙이고 붓그러운 틱도가 잇스런마는 이 쇼져는 엇지된 쇼져인지 얼골에 조곰도 붓그러운 빗치 업시 말을 무러본다.

"무슴 일로 걱정을 ᄒ세요?"

부인이 뭇는 소리를 듯고 ᄭᆞᆯᄭᆞᆯ 우스며,

⟨50⟩ "무슴 일이 무어시냐? 네 나히 지금 십칠 셰가 아

니냐? 서랑감이 업셔 노 걱정을 ᄒᆞ다가 인졔야 엇어서 걱정이 업단 말이다."

(쇼져) "져는 그리로 싀집 가기 실습니다. 그 사ᄅᆞᆷ에 므음이 엇더ᄒᆞᆫ지도 모로고 단지 이번에 장원ᄒᆞᆫ 거스로만 인연ᄒᆞ야 결혼을 히요."

부인이 이 말을 듯고 어이가 업셔 안졋다가 패ᄉ심ᄒᆞᆫ 싱각이 나셔 소리를 질너 남으란다.

"이익! 네가 그게 무슴 소리냐 응…? 계집아히로 혼사에 딕ᄒᆞ야 '실소…!'에…, 고약ᄒᆞᆫ 소리를 다 듯겟군."

쇼져가 이갓치 남으라는 소리를 듯고 이 말 져 말 업시 벌덕 이러나 져의 방으로 가셔 무슴 싱각인지 ᄒᆞ며 밤 들기를 기다리더라.

쇼져 잇는 방은 즉 후원 별당이라. 허 의졍이 져녁이면 ᄒᆞᆫ번식 다니여 가면 쇼져는 아모도 업시 혼ᄌ 쳐ᄒᆞ야 잇스나, ᄌ졍 ⟨51⟩ 칠 씌쯤 되면 괴악망칙ᄒᆞᆫ 일이 잇되 집안 사ᄅᆞᆷ은 젼혀 모로고 잇더라.

이씩 쇼져가 혼인 뎡ᄒᆞᆫ 말을 듯고 무슴 싱각인지 ᄒᆞ고 누구를 기다리는데 밤이 이슥ᄒᆞ야 엇더ᄒᆞᆫ 놈이 후원 담을 넘어 드러오며, 쇼져는 별당에 닉리여 손을 마조 잡고 당으로 올나 안더니 쇼져가 눈물을 흘니며,

"여보, 이 일을 엇지ᄒᆞ면 좃쇼?"

(그놈) "글셰, 나도 그 소리를 듯고 왓는데 엇지ᄒ면 조흘고?"

(쇼져) "닉가 실타고 홀 수는 업고 이 일을 엇지ᄒ면 죳탄 말이오?"

(그놈) "실타 홀 수는 업스니 이 길로 둘이 도망을 ᄒ랴?"

(쇼져) "도망을 ᄒ면 무어슬 먹고 살 도리가 잇쇼? 닉 혼인을 ᄒ는 쳬ᄒ고 잇다가 혼인ᄒ는 날 밤에 여츳여츳 ᄒ야 가지고 나갈 거시니 기다리고 잇스시오."

(그놈) "오냐, 그러면 닉 져 담 밧게셔 기다리고 잇슬 거시니 신랑 잠들믈 타셔 나오나라."

〈52〉 ᄒ고 이늘 밤을 셔로 지닉고 혼인 늘ᄌ만 기다리는데, 허 의졍이 쫄에 힝위는 젼혀 모로고 ᄆ음에 깃거워 ᄒ로밧비 셩례코ᄌ ᄒ야 늘을 틱ᄒ니, 오월 륙월은 더워셔 조치 못ᄒ고 불가불 ᄉ월로 희야 되겟는지라. 늘이 쵹급ᄒᄂ 부득불 ᄉ월로 틱일을 ᄒᄂ듸 이십오 일이 졔일 조흔지라 장 한림을 보고 혼인늘을 말ᄒ니, 한웅이 이 말을 듯고 가만히 싱각을 ᄒ니 ᄌ긔 모친을 모시여 올나온 후 셩례를 홈이 가홀 듯ᄒ야 ᄒᄂ 말이라.

(한웅) "딕인끠셔는 ᄒ로가 밧바ᄒ시ᄂ 시싱은 불가불 ᄌ친을 모시여 올나온 후 셩례코ᄌ ᄒ오니 그리 아시

고 늘주를 물리십시기를 브람니다."

(허) "너는 주식 된 도리에 그러홀 듯ᄒ다마는 릭월이 오월이라 이 달이 지닉고 보면 칠팔월 간에야 홀 터이니 너는 다시 두말 말고 나 ᄒ는 딕로 ᄒ여라. 네 주당에 수지람은 닉가 들어도 들을 거시니 그리 알고 긔별이나 ᄒ여라."

⟨53⟩ (한응) "칠팔월에 ᄒ야도 좃ᄉ오니 칠팔월로 물리옵쇼셔."

(허) "어… 그 주식 너는 가만히 잇셔! 닉가 다 알아 홀 거시니."

ᄒ고 그엿코 이놀로 뎡ᄒ믹, 한응도 엇지홀 수 업셔 은진으로 긔별ᄒ니라.

덧업는 세월이 불과 열흘을 격ᄒ 놀이 얼마나 되여 혼인을 당ᄒ리오.

어언간 이십오 일을 당ᄒ니, 여렴가 조고마ᄒ 집에셔도 혼인을 ᄒ면 일가친쳑이라던지 린리 아는 스룸이 구경ᄒ노라고 집안이 터지도록 모히여 드는데 ᄒ믈며 허 의졍이 식로 장원ᄒ 장한응을 사위를 솜을 쑨외라. 위셔 졉이ᄉ지 쉽게 ᄒ샤 김 판셔는 공을 집어 허 의졍의게 쎅앗긴 혼인놀이라 ᄒ니 어느 누가 구경 ᄒ번 아니ᄒ랴 들리오? 일가친쳑이며 린리원근 홀 것 업시 구경군들이 너르나 너른 집안이 툭 터지도록 모히여 억기를 셔로 부븨며 신랑신부를 뉘 아니 칭찬ᄒ리오마는 앗갑다, 신부여! 속담의 말로 가위 '쳥보에 기똥20)이요, 빗조흔 기살구21)라.' 엇지 익셕지 아니ᄒ을가? 즁텬에 잇던 히가 셔으로 기우러〈54〉저 길마지로 넘어가며,

"여러분, 평안히 쥬무시오. 릭일 쏘 뵈옵시다."

ᄒ는 듯 아조 넘어가는데 구경군도 역시 늘이 저물믈 보고 각기 인ᄉ를 ᄒ고 집으로 도라가고, 석반을 맛친 후 신랑 신부가 후원 별당에 드니 신랑 신부에 외양은 진실로 봉황에 쫙이나 신부에 무한ᄒ 속이야 누가 알리오?

이쩍 신부가 일가친쳑이라던지 동리 구경군들이 신랑에 칭찬ᄒ는 소리를 듯고 속으로 별 싱각이 다 드러간다.

'신랑이 엇더ᄒ기에 이처럼 칭찬을 ᄒ노? 구익되는 일이 업스면 눈을 쓰고 신랑을 좀 보왓스면 조켓다. 황씨와 엇더ᄒ고?'

ᄒ며 궁굼증이 나셔 ᄒ다가 신방에 드러 가만히 아미

---

20) 쳥보에 개똥 : 겉은 비단보자기처럼 그럴 듯해 보이지만, 속은 개똥처럼 흉하고 더럽다는 뜻.
21) 빛 좋은 개살구 : 보기에는 먹음직스러우나 맛은 그렇지 않다는 뜻.

를 들고 잠간 신랑을 보니 늠늠흔 위인이 진실로 수즁긔린(獸中麒麟)이오, 검즁봉황(禽中鳳凰)이오, 인즁호걸(人中豪傑)이라. 흔번 보미 〈55〉 무음에 깃거흐야 속으로 짠싱각을 흔다.

'니… 세상에 황가 갓흔 위인이 쏘 업슬 줄 싱각흐얏더니 오늘 신랑을 보미 황가는 실로 죵만도 못흐다 흐야도 과언이 아니로다. 니 비록 황가와 약속은 흐얏스나 오늘 이 갓흔 신랑을 빅반흐고 황가를 좃치리오? 젼일亽22)가 후회막급23)이로다.'

이갓치 싱각이 드러가미 황가가 도로혀 미운 싱각이 나는데 쏘흔 걱졍이 싱긴다.

'니가 젼일에 황가놈과 그러케 조화흐고 쏘 약속신지 흐얏는듸 만일 아니 나가고 보면 놈이 그런 소문이ᄂ 아니 닐가? 소문만 나고 보면 우리 부모가 곳 약사발을 니리실 터이니 이러코 보면 나는 황가흐고도 못 살고 못된 죽엄을 당홀 터이니 엇지 원통치 아니홀가? 아니야, 황가가 그런 소문을 니지 못흐지. 져브터 죄를 당홀 터이

---

22) 젼일사(前日事) : 예전에 있었던 일.
23) 후회막급(後悔莫及) : 지나간 일은 아무리 후회해도 어찌할 수 없음.

닛가 감히 이런 말을 못〈56〉ᄒ지. 그런데 필경 지금 담
압해서 기다리렷다. 놈이 기다리다가 아니 나가고 보면
저도 필경 싱각을 ᄒ고 가렷다.'

이갓치 이러케도 싱각을 ᄒ야 보고 저러케도 싱각을
ᄒ야 보는데, 황가를 누가 죽이여 업시 쥬엇스면 그만큼
상쾌흔 일이 업슬 듯ᄒ고, 신랑을 겻눈으로 볼수록 흠모
ᄒ는 마음이 간절ᄒ야 곳 다라드러 잡고 십흔 싱각이 나
ᄂ 그러ᄒ지는 춤아 못ᄒ고 신랑이 몬저 건드리기만 ᄇ
라고 잇고 쳔연히 안젓스ᄂ 엇지 그 힝동을 아조 감추리
오!

한응이는 안저셔 담빅를 먹으면셔 신부를 보니 얼골
에 조금도 붓그러온 빗치 업고 ᄌ긔를 자로 겻눈으로 보
는데 그 거동이 ᄌ연 이상ᄒ야 보이는지라. 속으로,

'괴상ᄒ다. 규즁 녀ᄌ로 오늘 갓흔 늘은 붓그러온 틱도
가 잇슬 터인데 조금도 붓그러ᄒ는 식식이 업스니 웬일
인고? 신부 나히가 만ᄒ셔 그럿탄 말인가? 별일이로군!'

〈57〉 ᄒ고 ᄌ연 동침홀 ᄆ음이 업스미 ᅉ 싱각을 흔다.

'닉 사당에 고치도 아니ᄒ고 이갓치 장가를 갓스니
어머니ᄂ 올ᄂ 오신 후 합례를 ᄒ리라.'

ᄒ고 신부에 옷만 벗기여 누히고 ᄌ긔는 옷 닙은 치
드러눕는지라.

신부가 이 거동을 보고,

'아마 오늘 종일 빗치여 곤흠으로 그리ᄒᆞ나.'

ᄒᆞ며 기다리다가 인히 잠이 들엇더라.

한응이가 신부에 좀들믈 보고 다시 이러 안저 담빅를 픠며 모친 싱각이 나서, 속으로 혼ᄌᆞ ᄒᆞ는 말이라.

'어마님을 모시여 올나오신 후 혼인을 힛더면 좀 조왓슬가!'

ᄒᆞ고 안젓다가 뒤가 마려오믹 이러나 등불을 켜셔 들고 뒤간으로 가니라.

이쎠 황가 놈이 신부와 약속을 단단히 ᄒᆞ고 담 밧긔셔 나오기를 기다리고 잇는데 나오마든 쎡가 지닉고 쏘ᄒᆞᆫ 시가 지닉되 아니 나오더니, 얼마 만에 신발 소리가 나거늘,

〈58〉 '올타! 인제야 나오나 보다 앗가는 신랑이 잠이 아니 드러 못 나왓든 거시로군.'

ᄒᆞ고 담으로 수건 쏫치 넘어오기를 기다리는딕, 사면에서 둙은 홰를 치고 울고 동정24)은 업는지라. 속에서 무명 화가 열 길이나 나며 악독ᄒᆞᆫ ᄆᆞ음이 드러간다.

---

24) 동정(動靜) : 움직이는 낌새.

'올치! 이년이 장가를 보고 위인이 쏙쏙ᄒᆞ닛가 ᄆᆞ음을 달리 먹은 거시로군. 네가 나와 상관을 아니ᄒᆞ얏스면 이어니 나와 살즈고 찰쎡갓치 언약을 ᄒᆞ야 놋코 비반을 히…!'

ᄒᆞ더니 바로 담을 넘어 와 북창으로 이엿본즉, 불은 캄캄ᄒᆞ고 아모 긔쳑도 업는지라. 속으로,

'아마 년놈이 잠이 든 거시로군.'

ᄒᆞ고 허리에 단도를 쎼여 들고 문을 가만히 열고 드러셔, 잡담25) 제우26) ᄒᆞ고 아릿목에 누은 스름브터 칼로 허리를 질으니 신부가 자다가 별안간 허리를 질니미,

〈59〉 "에구머니!"

소리 ᄒᆞ마듸에 일도 령혼이 봉신듸27)로 갓는데, 황가가 다시 칼을 쎼여 한응을 질으랴 ᄒᆞ니 하늘이 식히심인지 귀신이 도음인지 뒤를 보라 갓스니 엇지 죽이리오? 황가가 신랑 업슴을 보고 황망히28) 칼을 바리고 도망ᄒᆞ

---

25) 잡담(雜談) : 사소한 이야기.

26) 제우 : '겨우'의 방언.

27) 봉신대(封神臺) : 죽은 사람의 영혼이 돌아간다는 곳.

28) 황망히 : 당황히.

니라.

이쩍 협방29)에셔 시비 단월이가 자다가 별당에셔 무슨 괴상흔 소리가 나며 스름에 인긔쳑이 나거늘 괴상호야 가만히 이러나 문틈으로 이엿보니, 신랑이 뒤간에 갓다가 오는지 별당을 향호야 오거늘 급히 문을 열고,

"나리! 어듸 갓다 오심닛가? 지금 신방30)에 이상흔 소리가 나더니, 나리끠셔 어듸 갓다 오심닛가?"

한응이는 신부가 잠이 들믈 보고 뒤를 보고 오는듸 별안간 이상흔 소리가 낫단 말을 듯고 무음에 져졀로 케이던지 이상호고 시린 싱각이 나셔,

"응… 무슴 소리가 나…? 너 먼져 드러가 보와라."

⟨60⟩ 단월이 역시 시른 싱각이 나셔 뒤로 물너셔며,

"공연히 무셔운 싱각이 드러갑니다. 나리끠셔 먼져 드러가시지오. 에구! 어듸셔 이러케 비린늬가 날가?"

한응이 역시 코에 피비린늬가 깃치는지라. 이상스러워 방문을 여니 방 안에 비린늬가 가득호고 북창이 열리엿거늘, 쌈작 놀나 급히 불을 켜고 보니 쳔만의외에 츔

---

29) 협방(夾房) : 안방 옆에 딸린 작은 방.
30) 신방(新房) : 신랑, 신부가 첫날밤에 자는 방.

닥게31) 누어 자던 신부가 션혈이 림리32)ᄒ야 죽엇거늘, 단월이가 이거슬 보고 한응이는 말도 훌 시 업시 되셩통곡을 ᄒ며 왼 집안스름을 씨운다.

"에구머니! 이 일이 웬일이야!"

ᄒ면셔 안으로 쒸여 드러가셔 안방 창을 두다리며,

"마님! 마님! 주무심닛가? 큰일 낫슴니다!"

부인이 종일 빈긱을 졉되ᄒ고 졍히 곤ᄒ야 자다가 부르는 소리를 잠결에 듯고 쌈작 놀나며,

⟨61⟩ "응… 누구이냐?"

(단월) "어셔 이러나십시오. 되에 큰일 낫슴니다."

큰일 낫다는 소리를 듯고 벌덕 이러나며,

"응…, 무어시야! 큰일 낫셔? 웨 그리ᄒ니?"

(단월) "신방에 큰일 낫셰요."

(부인) "글셰, 무슴 큰일이란 말이냐? 어셔 말힉라."

(단월) "신랑 나으리끠셔 신부 아씨를 쥭이셧셔요."

부인이 별안간 쳔부당만부당33)ᄒ 이 소리를 듯고,

---

31) 참닥게 : '참담하게'의 오기인 듯.

32) 임리(淋漓) : 피 등의 액체가 흘러서 흥건함.

33) 천부당만부당(千不當萬不當) : 사리에 맞지 않은 어림도 없는 소리.

"에이, 밋친년! 저년이 별안간 밋첫나?"

단월이가 저를 도로혀 밋친년으로 돌리는 말을 듯고,

"에그…. 밋지 못ᄒ시거던 어셔 가셔 보시고 되감끠도 엿쥬십시오."

ᄒ고 눈물이 비오듯 ᄒ야 흙흙 늣기여 가며 우는지라.

부인이 처음에는 밋지 아니ᄒ다가 이갓치 우는 소리를 듯고 급히 옷슬 〈62〉 집어 닙는데 단월이가 쏘 발을 동동 구르며,

"이셔 나오셰요."

(부인) "그러면 어셔 되감끠 엿쥬렴으나."

단월이가 사랑으로 나와 되감을 부른다.

"되감마님! 되감마님! 주무십닛가?"

되감이 밤시도록 슐을 먹고 취ᄒ야 자니 아모리 부른들 알리오?

부인이 급히 나오며 단월이를 부른다.

"단월아, 단월아! 대감마님 긔침34)ᄒ시엿니?"

단월이가 되감을 부르다가 부인이 부르는 소리를 듯고 급히 도로 돌쳐서 안으로 드러오며,

---

34) 긔침(起枕) : 윗사람이 잠자리에서 일어남.

"네… 아모리 딕감마님을 엿쥬어도 모르셰요."

(부인) "오냐! 고만두고 위션 나와 갓치 가셔 보자. 암만히도 네 말을 고지들을 수가 업다."

(단월) "에그…. 마님도 소인네가 밋쳐셔 이리ᄒᆞ는 쥴 아십시오."

〈63〉 ᄒᆞ고 갓치 후원 별당으로 오는데, 한응이는 쳔만ᄯᅮᆺ밧게 뒤를 보라 간 사이에 이런 딕변이 잇스믹 가위 귀신이 곡홀 노릇이라. 무슴 영문인지 모르고 별당 마루에 가 걸터안져 별 싱각이 다 드러간다.

'허… 이거시 무슴 변고인고? 닉가 살인은 꼭 당ᄒᆞ얏는걸 아모리 발명을 ᄒᆞᆫ들 소용이 잇스리오? 엇지 횟던지 이 신부가 어느 놈과 빅합이 되엿다가 이 일을 당ᄒᆞᆫ 거시 아니면, 닉가 뒤간에 간 ᄉᆞ이에 어느 놈이 겁칙을 ᄒᆞ랴다가 듯지 아니ᄒᆞᆷ으로 질너 쥭이고 도망을 ᄒᆞ얏나? 아모리 그러ᄒᆞ더리도 나는 발명무로35)이니 정범 잡기 젼에는 일을 톡톡이 당ᄒᆞ리로다.'

이처럼 싱각을 ᄒᆞ고 안졋는데 부인이 단월이와 갓치 등불을 켜셔 들고 드러와, 신부에 쥭어 넘어짐을 보고

---

35) 발명무로(發明無路) : 죄나 잘못이 없다는 것을 밝힐 방법이 없음.

부인이 마루를 두다리며 쳬면도 아니 도라보고 넉두리를 혼다.

〈64〉 "에구머니! 이거시 웬일이야! 젼싱에 무슴 업원36)이며 이싱에 무슴 원수로 칼로 질너 죽인단 말이냐? 나를 마저 죽이여라!"

 흐고 한응에게 다라드러 몸부림을 흐며 야단을 치는데, 단월이는 또 사랑으로 나가 디감을 씌우며 왼 집안 스롬을 솔발37)을 흐니 모다 눈이 휘둥그레흐야,

 "이런 변이 어듸 잇슬가 춤… 쳔고에 업는 일이로다. 첫놀밤 신랑이 신부를 죽이다니 디쳬 이상흔 일이로군."

 흐며 수군거리고 안으로 모히여 들고 허 의정은 이 말을 듯고 정말인지 거짓말인지 몰나 급히 쳥직이를 다리고 급히 드러와서 보니 그 광경이 엇더흐리오?

 "어…. 이 일이 꿈인가 싱시인가 응…?"

 흐더니 쏘 흔바탕 울며 흐는 말이라.

 "슬하에 다른 주식 업고 이 쏠을 금지옥엽보다도 더 귀히 길너 주미나 볼가 흐얏더니 이 일이 웬일이란 말이

---

36) 업원(業冤) : 전생에서 지은 죄로 이승에서 겪는 괴로움.

37) 솔발 : 자기가 발견한 것을 사람들에게 외쳐 알림.

냐? ⟨65⟩ 옥화야, 옥화야! 네가 정말 죽엇느냐? 늬가 꿈이냐 꿈 갓히도 흉ᄒᆞ려던 이 일이 싱시 갓흐면 엇지ᄒᆞ단 말이냐?"

흙흙 늑기여 가며 옥화에 신체를 붓들고 우는데 부인이 역시 신체를 붓들고 쏘 너두리를 ᄒᆞ다.

"아가, 아가. 이 일이 웬일이냐! 늬가 너를 엇지 길넛길늬! 오늘 늬 눈 압헤 이런 일을 보게 ᄒᆞ단 말이냐? 아가, 아가! 정말 죽엇느냐? 사랏거던 이러나셔 이 ᄆᆞ음을 위로ᄒᆡ라 응…?"

ᄒᆞ며 정신업시 잡아 흔드는데 허리에서 흐르느니 션혈이라.

만일 이 일 저 일 모르고 이런 광경을 볼 것 갓흐면 그 츔악ᄒᆞ고 쌈씩ᄒᆞ야 스름으로 ᄒᆞ야곰 ᄒᆞᆫ 줄기 눈물을 금치 못ᄒᆞ겟지마는 죽은 사실을 알고 보면 상쾌ᄒᆞ다고 홀 만ᄒᆞᆫ 일이요, 한웅으로 보면 아직 발명홀 도리가 업스니 이만큼 걱정되는 일이 업스나 죄 업스면 하늘이 구ᄒᆞ시는 법이라. 엇지 두려울 비 잇스리오?

⟨66⟩ 이씩 허 의정이 죽은 몸을 한참 붓들고 울다가 정신을 ᄎᆞ리어 한웅을 잡아 가두라 ᄒᆞ니 벌셔 문긱38)들이며 구종 별비39)가 사구류40)를 ᄒᆞ얏더라.

허 의정이 신체를 그냥 두고 밧그로 나와 한웅을 압

헤다가 쑬니고 젹은 눈을 부릅쓰고 쥬먹으로 연상을 부셔지도록 치며,

"이놈아! 네가 무슴 일노 질너 죽이엿니? 바로 디여라. 조금이라도 지체ᄒ면 당장 박살을 줄 거시다 응… 이놈!"

한응이는 졍신을 진정ᄒ며 안식을 조금도 변치 아니ᄒ고 텬연히 디답ᄒᆫ다.

"네… 디감씌셔 통촉41)을 ᄒ야 보시여도 아시지요. 시싱이 쥭일 리가 잇슴닛가?"

(허) "이놈아! 무어슬 통촉을 ᄒ야 보라니! 신랑 신부 둘이 잇다가 신부가 허리에 칼을 맛고 죽엇스니 졔가 스스로 칼로 질너 쥭던, 이놈… 바로 디여라! 쥬리를 틀기 젼에 응…?"

⟨67⟩ (한응) "쥬리 아니라 더ᄒᆫ 형벌을 쓰실지라도 엇

---

38) 문객(門客) : 세도가에 머물며 숙식을 해결하거나 수시로 드나드는 사람.

39) 별배(別陪) : 벼슬하는 집에서 부리는 사령.

40) 사구류(私拘留) : 권력 있는 사람이 사적으로 다른 사람을 구금함.

41) 통촉(洞燭) : 헤아려 살핌.

지 히셔 죽은 거슬 모로는데 무어시라고 말슴을 흠닛가?"

(허) "못 보왓스면 너는 어듸를 갓셧던, 이놈아!"

(한응) "그런 거시 아니라 시싱은 뒤보라 간 스이에 이런 일이 싱기엿ᄂᆞᆫ듸 저는 영문도 모르고 뒤로셔 오랴닛가 단월이가 이리이리ᄒᆞ옵기 갓치 가셔 보온즉 이런 변이 싱기엿스니 엇지 된 일을 알 수가 잇슴닛가?"

(허) "이놈, 네가 필경 쥭이고 도망ᄒᆞ랴다가 단월이에게 들키고 핑게ᄒᆞ는 말이 아니냐?"

(한응) "도망ᄒᆞ랴면 엇더케 도망을 못히셔 여기 잇스며 쏘 도망을 ᄒᆞ면 어듸로 감닛가? 깁히 통쵹ᄒᆞ셔셔 옥셕이 구분42)케 마시옵쇼셔."

허 의정이 눈을 더욱 부르쓰며 소리를 벽녁갓치 지르며,

"이놈⋯ 네 말과 갓치 도망히도 잡힐 터이닛가 살인 아니ᄒᆞᆫ 〈68〉 체ᄒᆞ고 발명이나 히셔 보자는 작정이 아니냐? 닉가 네 속을 아는 거시니 바로 말히라."

(한응) "이러케 도젹놈 밧바지43) ᄒᆞ시듯 ᄒᆞ실 거시 아

---

42) 옥석구분(玉石俱焚) : 옥과 돌이 함께 불에 탐.

43) 밧바지 : 받자. 자백을 받음. 또는 그런 일.

니올시다. 늬 말이 밋을 수가 업스시거던 단월이를 불너서 무러보십시오."

(허) "그릭. 네 말과 갓치 단월이를 불너 무슴 말을 무러보라느냐?"

(한웅) "뒤를 보라 갓셧나 아니 갓셧나 무러보십시샤 말슴이올시다."

(허) "그릭…. 단월이가 네 뒤를 좃차다니엿단 말이냐?"

(한웅) "좃차다닌 거시 아니오라 뒤를 보고 오는 거슬 보왓스니 ᄒᆞ는 말이올시다."

허 의정이야 엇지 자긔에 쏠 속이야 알리오 더욱 하늘이 얏다 ᄒᆞ고 쒸며44) 단월이를 부른다.

"단월아! 단월아!"

⟨69⟩ 안에셔는 부인이 하로 울며불며 야단법셕을 ᄒᆞ는듸 아모리 허 의정이 소리를 고릭고릭 지르며 단월이를 부른들 엇지 쉽게 들니리오? 밋처 듯지 못ᄒᆞ고 딕답을 못ᄒᆞ는데 허 의정이 두어 번이나 부르다가 딕답 업슴

---

44) 하늘이 얕다 하고 뛰며 : 하늘이 낮다고 펄펄 뛰며. 매우 화가 나서 날뛰는 것을 말함.

을 듯고 소리를 더욱 지르며,

"단월아! 단월아!"

단월이가 부인과 마쥬 셔셔 울다가 디감이 소리를 질너 부르는 소리를 듯고 눈물을 씨스며 급히 디답을 ᄒ고 나온다.

"네…. 네….."

ᄒ고 급히 사랑으로 나오니 사랑 쓸에다가 법정갓치 좌긔를 버리고45) 단월이를 법사에서 증인이나 호츌ᄒ듯 압헤다가 세우고 허 의정이 눈을 부릅쓰고,

"이년! 너는 귀가 먹엇든? 그러케 불너도 디답이 업스니!"

(단월) "안이 깁허셔 밋처 못 드럿슴니다."

(허) "이년! 쪽 본디로 말을 히라. 네가 쟝 한림이 어디 간 거슬 아랏〈70〉더냐?"

(단월) "어디를 가시엿던 거슬 알 수가 잇슴닛가?"

(허) "정녕 못 보왓셔, 응…? 바로 말을 허여."

(단월) "바로 말슴이지, 조금인들 엇지 긔망46)ᄒ겟슴

---

45) 좌기를 벌이다 : 관아의 우두머리가 업무를 보기 위해 준비함.
46) 기망(欺罔) : 다른 사람을 속임.

닛가? 소비47)가 방에 잇스랴닛가 쇼져 방에서 무슴 괴상
흔 소리가 나며 인긔쳑이 잇길닉 무셔움을 무릅쓰고 창
틈으로 이엿보온즉, 마당에 아모도 업고 싀 셔방님만 마
당에 계시기로 문을 열고 '방에서 무슴 괴상흔 소리가 남
니다' 흐얏더니 싀 셔방님씌셔 어름어름48) 흐시며 소비
더러 먼저 드러가 보라 흐시눈듸 소비는 무슴 영문도 모
르고 공연히 무셔운 싱각이 나옵기 셔방님씌 드러가십
시샤 흐얏더니 마지못흐야 압셔 드러가시는데 소비가
뒤를 짜라 드러가 보온즉 일이 그러케 씀직흐옵기 안으
로 바로 쒸여 드러와 마님씌 엿쥬운 일은 잇습고, 그 젼
이던지 그 후던지는 아모 일도 모르눗〈71〉이다."

허 의정이 이 말을 드르미 한웅이가 쥭이고 다라나랴
다가 단월이에게 들키여 못 다라나고 어름어름흔 줄로
알고 쇼리를 쏘 버럭 지르며,

"이놈, 한웅아! 단월이를 불너 무러보면 안다고 흐더
니 쏘 무어슬 아라볼 거시 잇느냐, 이놈아 네가 닉 쏠과

---

47) 소비(小婢) : 여자 종이 자신을 낮추어 표현하는 일인칭 대명사.
48) 어름어름 : 일이나 행동을 분명히 하지 못하고 우물쭈물하며 대충
넘기려는 모양.

무슴 원수로 칼로 질너 죽이엿니, 응…."

 한응이가 가만히 싱각을 ᄒᆞ니 조금도 발명홀 도리는 업고 허 의정은 불이야 신이야 ᄒᆞ며 야단을 치며 야단을 치는 거시 곳 벽악이 ᄂᆡ릴 듯ᄒᆞ야 입을 어울너 말을 홀 수가 업는지라. 이에 안식을 불변ᄒᆞ고,

 "정… 이갓치 의심이 나실진되 나라에 법사가 ᄌᆞ직ᄒᆞ오니 법ᄉᆞ로 보ᄂᆡ샤 확실히 사실ᄒᆞ신 후 죄가 잇스면 상당흔 벌을 쥬실 거시오, 정범이 잇스면 죄를 면홀 거시오니 정당히 〈72〉 조쳐ᄒᆞ야 쥬시기를 바라ᄂᆞ이다."

 허 의정이 이 말을 듯더니 속으로,

 '저놈이 다른 ᄉᆞ룸과 달나 나라에서 즁미ᄒᆞ야 쥬신 ᄉᆞ룸인즉 ᄂᆡ가 임의로 조쳐를 홀 수가 업슨즉, ᄂᆡ일 나라에 픔을 ᄒᆞ고 상당히 원수를 갑흐리라.'

 ᄒᆞ고 즉시 ᄂᆡ려 가두고 안으로 드러오니 리 부인이 뒷쳥에 가 안져셔 마루쳥을 두다리며 울다가 허 의정이 드러옴을 보고,

 "이런 변이 쏘 셰상에 잇단 말슴이오닛가? 그놈을 위션 문초를 ᄒᆞ시닛가 무어시라고 희요?"

 허 의정이 역시 눈물을 ᄲᅡ리며 목 메힌 소리로,

 "에이구…! 텬ᄒᆞ에 이런 몹슬 놈이 잇단 말슴이요! 그 ᄌᆞ식을 엇더케 길흔 ᄌᆞ식이요? 오날늘 몹슬 놈을 밋기엿

다가 그러케 몹시 죽을 줄을 아랏쇼. 흙흙흙."

이갓치 늑기여 가며 리 부인과 갓치 별당으로 가서 쏜 마루를 〈73〉 두다리며 운다.

"아가, 아가! 네가 이거시 웬일이냐! 혼이라도 잇거든 엇지 죽은 말이라도 ᄒ여라. 어미 아비가 알구나 잇게, 흙흙흙. 아가, 아가! 이게 쑴이냐, 싱시냐? 쑴 갓흐면 얼풋49) 잠을 씨고, 싱시 갓흐면 우리 둘을 다리여 가거라. 흙흙흙. 무남독녀로 너를 엇더케 길넛길니. 오늘 이런 악착50)ᄒ 일을 볼 쥴 아랏단 말이냐! 옥화야, 옥화야! 흙흙흙."

이갓치 우는 형상을 보면 허 의경 니외의 정상은 춤 목불인견(目不忍見)51)이라. 엇지 가이업슨 싱각이 아니 나리오마는 허 쇼져의 힝실을 싱각ᄒ면 쳔참만륙52)을 ᄒ여도 오히려 죄가 남겟도다.

잇흔늘 허 의경이 식젼에 일직이 입궐ᄒ니 위셔 허

---

49) 얼풋 : '얼른'의 방언.

50) 악착(齷齪) : 잔인하고 끔찍스러움.

51) 목불인견(目不忍見) : 차마 눈뜨고 볼 수 없음.

52) 천참만륙(千斬萬戮) : 수천 번 베고 만 동강 내어 죽임.

의정이 조명53) 업시 드러옴을 보시고 괴상히 녁이샤 허 의정을 자셰히 보시니 눈두덩이 붓고 눈알이 붉은지라. 룡안에 희싴54)을 쎄우시〈74〉고,

"경이 작일 사위 즈미로 넘어 과음ᄒᆞ야 상거 슐 긔운이 그저 잇도다."

허 의졍이 이 말ᄉᆞᆷ을 듯고 긔가 막히여 탑하에 부복ᄒᆞ야 목이 메여,

"알위기 황송ᄒᆞ오나 엇지 감히 슐이 취ᄒᆞ야 존엄55)지지에 입시56)ᄒᆞ오릿가?"

상이 허 의졍에 목이 메여 ᄒᆞ는 말을 드르시고 쌈작 놀나시고 무르시는 말ᄉᆞᆷ이라.

"경은 무슴 일로 져갓치 비창ᄒᆞ야 ᄒᆞ느뇨?"

(허) "황송ᄒᆞ오나 셰상에 이갓치 원통홀 쩌가 잇스릿가?"

상이 더욱 괴상히 녁이시며,

---

53) 조명(朝命) : 조정에서 내린 명령.

54) 희색(喜色) : 기뻐하는 얼굴 빛.

55) 존엄(尊嚴) : 임금의 지위를 이르는 말.

56) 입시(入侍) : 대궐에 들어가 임금을 뵘.

"글셰, 갑갑ᄒᆞ니 어셔 말ᄒᆞ시오. 무ᄉᆞᆷ 일이 이갓치 원통ᄒᆞ단 말이요?"

〈75〉 (허) "셰상에 난측57)ᄌᆞ는 인심58)이로소이다. 쟝한웅이가 어졔밤에 소신에 녀식을 쥭이고 도망ᄒᆞ랴다가 붓들리엿ᄉᆞ오니 이 원수를 갑하 쥬시옵쇼셔."

샹이 이 말을 드르시고 반신반의59)ᄒᆞ시고 속으로 싱각을 ᄒᆞ야 보신다.

'쟝한웅이가 잠시 보와도 군ᄌᆞ에 덕이 잇셔 보이고, ᄯᅩ는 신부가 아모리 흉ᄒᆞ더린도 그러홀 리가 업ᄂᆞᆫᄃᆡ 더구나 신부가 자ᄉᆡᆨ60)이 잇다 ᄒᆞ던데 이게 무ᄉᆞᆷ 소리인고? 필경 즁간에 무ᄉᆞᆷ 층졀61)이 잇스리로다.'

ᄒᆞ시고 일변 형죠로 하교62)ᄒᆞ샤 한웅을 나수63)ᄒᆞ시

---

57) 난측(難測) : 헤아리기가 어려움.

58) 인심(人心) : 사람 마음.

59) 반신반의(半信半疑) : 반은 믿고 반은 의심함.

60) 자색(姿色) : 여자의 고운 얼굴이나 모습.

61) 층절(層節) : 어떤 일의 곡절이나 변화.

62) 하교(下敎) : 임금이 명령을 내림.

63) 나수(拿囚) : 죄인을 잡아서 가둠.

고 일변 시체를 검시케 ᄒᆞ시며 일변 죠정에 공직64)ᄒᆞᆫ 스름으로 검ᄉᆞ관을 ᄂᆡ실ᄉᆡ, 죠정 졔신이 김 판셔를 쳔거ᄒᆞ민 김 판셔가 사양타 못ᄒᆞ야 살옥65)을 ᄉᆞ실홀66)시 한응을 잡아ᄂᆡ여 셰우고 보니 그 늠늠ᄒᆞᆫ 긔풍이 진실ᄒᆞᆫ 군ᄌᆞ이라. 누구더러 보라면 살인홀 스름이라 ᄒᆞ리오?

〈76〉 김 판셔 속으로,

'디인디면부디심67)이라더니 춤… 알 수 업는 일이로다. 오늘 한응이가 살인을 ᄒᆞ얏다면 누가 고지 드르리오마는 셕ᄌᆞ68)에 증ᄌᆞ 갓ᄒᆞ신 셩인 ᄌᆞ뎨를 두시고도 증ᄌᆞ가 살인을 ᄒᆞ시엿다 ᄒᆞ닛가 증ᄌᆞ에 모친ᄭᅴ셔 쳐음에는 고지 아니 드르시다가 셰 번ᄌᆡ에는 베틀에 ᄂᆡ리시엿단 말도 잇스니 아모리 한응이가 아니ᄒᆞ얏슬지라도 그러치 안타고는 단언홀 수는 업스니 실로 의심되도다.'

---

64) 공직(公直) : 공정하고 정직한 사람.

65) 살옥(殺獄) : 살인으로 인한 사건.

66) 사실(査實) : 사실을 조사함.

67) 지인지면부지심(知人知面不知心) : 열 길 물속은 알아도 한 길 사람 속은 모름.

68) 석자(昔者) : 옛날.

ᄒᆞ고 소리를 가다듬으며,

"이익, 한웅아! 말 듯거라. 네가 싀골 션비로 셔울 와셔 장원 후 한림ᄭᅡ지 ᄒᆞ고 쏘는 허 의정 ᄃᆡ감에 셔랑⁶⁹⁾이 되니 지금 영광과 장릭 복록⁷⁰⁾을 이로 층냥ᄒᆞᆯ 수 업거늘 네 무슴 일로 쳣눌밤 신부를 칼로 쥭이고 도망을 ᄒᆞ려 드럿더냐?"

한웅도 역시 불변안싴 ᄒᆞ고 셔셔히 ᄃᆡ답을 ᄒᆞ다.

⟨77⟩ "ᄃᆡ감 말슴과 갓치 하방 쳔ᄒᆞᆫ 션비로 평ᄉᆡᆼ소원을 일우어 더 바랄 거시 업시 되엿는데 무슴 밋친 ᄆᆞ음으로 쳣눌밤 신부를 쥭이리잇가 깁히 통촉을 ᄒᆞ야 보시옵쇼셔."

(김 판서) "너는 아모리 아니ᄒᆞ얏기로 엇지 고지드르리오? 너도 ᄉᆡᆼ각을 ᄒᆞ야 보와라. 신랑 신부 단둘이 잇다가 신부가 칼에 질리여 쥭엇스니 누가 쥭엿다 ᄒᆞ면 조흘고?"

한웅이 역시 이 말을 드르ᄆᆡ 코가 믹믹ᄒᆞ고 가슴이 답답ᄒᆞ야 무어시라고 발명ᄒᆞᆯ 수 업스나 실상은 죄가 업

---

69) 셔랑(壻郎) : 다른 사람의 사위를 높여 부르는 말.

70) 복록(福祿) : 복되고 영화로운 삶.

스니 당장 칼이 목에 닉리기로 무슴 겁이 잇스리오? 목소리를 다시 가다듬으며,

"네… 딕감 말슴 듯스오면 발명홀 도리가 업슬 듯ᄒ오나 명명ᄒ신 하ᄂ님이 직상71) ᄒ시고 일월 갓흐신 정치 하에 엇지 무죄ᄒ 즈이 죽고 유죄ᄒ 즈 살리잇가? 깁히 ᄉᆞᆯ히쇼셔."

(김 판셔) "그러면 죽을 씩에 형편이 엇지 되엿단 말이냐?"

(한응) "죽을 씩 형편은 알 수 업슴니다."

〈78〉 김 판셔가 쥬먹으로 상머리를 치며,

"알 수가 업다니 그씩에 너는 어듸를 갓드란 말이냐?"

(한응) "업셧슴니다."

(김 판셔) "업셧스면 어듸를 갓드란 말이냐?"

(한응) "그씩에 마춤 뒤간에를 갓다가 왓슴니다."

(김 판셔) "뒤간에를 갓다 왓스면 처음 드러가 볼 씩에 엇더케 죽엇드냐?"

(한응) "자셰ᄒ 말슴을 홀 거시니 드러 보시옵쇼셔. 그씩에 뒤간에를 갓다가 오랴닛가 시비 단월이가 협방

---

71) 재상(在上) : 위에 있음.

에셔 즛다가 문을 열고 '신방에셔 무슴 소리가 납니다' 흐고 나오기 시비 단월과 갓치 방으로 드러가 본즉, 피비린늬가 나옵기 급히 불을 켜셔 본즉 광경이 그쯤 된 일이온즉, 다른 일은 알 수가 업슴니다."

 (김 판셔) "단월이는 누구란 말이냐?"

 〈79〉 (한웅) "쥭은 스름에 시비올시다."

 (김 판셔) "그릭. 단월이가 먼저 알고 너더러 그리흐드란 말이냐?"

 (한웅) "네… 단월이가 먼저 이상흔 소리가 난다고 힛슴니다."

 김 판셔가 한춤 안저셔 무슴 싱각을 흐더니 포교를 불너 단월이를 잡아 오라 흐더니, 거미구에72) 잡아 오거늘, 김 판셔가 단월이를 불너 압혜 셰우고 한웅이는 도로 늬려 가두더니 단월이더러 뭇는다.

 "이익, 단월아. 네가 이번에 아씨 도라가신 일을 안다니 바로 말을 히야지. 만일 죠금이라도 은휘73) 흐면 너브터 큰 죄를 당흘 거시니 조금도 겁늭지 말고 바로 딕여

---

72) 거미구에 : 시간이 얼마 지나지 않아.

73) 은휘(隱諱) : 감추거나 숨김.

라."

단월이가 쳔만쯧밧긔 포교가 와셔 잡아가미 실상 죄는 업지마는 계집에 ᄆᆞ음이라 벌벌 썰며,

"죽이셰도 소비는 아모 죄도 업슴니다."

(김 판셔) "글셰… 너더러 죄가 잇다고 ᄒᆞ는 거시 아니니 본 디로〈80〉만 말을 ᄒᆞ란 말이다."

(단월) "이젼브터 소비가 쇼져를 모시고 지ᄂᆡ는데 ᄒᆞᆼ상 쇼져끠셔 누구던지 여러시 잇는 거슬 실혀ᄒᆞ심으로, 소비는 협방에셔 ᄌᆞ옵고 쇼져는 별당에셔 혼ᄌᆞ 주무시지오."

김 판셔가 이 말을 듯고 의심이 덜컥 ᄒᆞ층 나셔,

"그리. 혼ᄌᆞ 주무시는데 별당과 너 ᄌᆞ는 방이 동안74)이 엇더ᄒᆞ냐?"

(단월) "ᄒᆞᆫ 이간75) 동안 되옵니다."

(김 판셔) "어느 ᄯᅢ브터 네가 ᄯᅡ로 잣느냐?"

(단월) "ᄒᆞᆫ 잇히 되옵니다."

(김 판셔) "그리셔 그동안 수상ᄒᆞᆫ 일 보지 못ᄒᆞ얏니?"

---

74) 동안 : 떨어져 있는 거리.
75) 간(間) : 길이의 단위. 한 간은 여섯 자로 약 1.8m.

단월이가 이 말을 듯고 얼골이 쌜기지며,

"에그… 망측ᄒ려라! 지상 틱 쇼져가 수상ᄒᆞᆫ 일이 무어시야요? 당초에 그런 일 본 젹이 업습니다."

〈81〉 (김 판셔) "뎡녕 업셔… 응…? 바로 말을 ᄒᆡ…!"

(단월) "당장 부월76)이 당두ᄒᆞ와도 그런 일은 보지 못ᄒᆞ얏슴니다."

(김 판셔) "그러면 그거슨 고만 두고, 이번 일을 엇더케 먼져 알앗니?"

(단월) "이번에는 엇지 ᄒᆡ셔 알앗는고 ᄒ니오. 소비가 막 잠이 씨랴 말랴 ᄒᆞ는데 별안간 별당에셔 '에구!' ᄒᆞ더니 스름이 밧그로 나오는 것 갓습기, 겁이 나셔 문을 못 열고 문틈으로 늬여다 보온즉 다른 스름은 업고 마당에 싀 셔방님이 계시기 문을 열고 '별당에셔 무슴 소리가 남니다' ᄒᆞ얏더니, 싀 셔방님이 어름어름ᄒ시는 듯ᄒ옵고, ᄯᅩ는 소비더러 방에를 먼저 드러가셔 보라 ᄒ기, 소비는 '실슴니다' ᄒ고 싀 셔방님이 압흘 셔셔 드러가시고 소비는 뒤를 셔셔 드러가 보온즉, 하도 씀즉ᄒ고 겁이 나셔 바로 안으로 드러가 엿쥬엇슴니다."

---

76) 부월(斧鉞) : 도끼.

(김 판셔) "쏘 다른 일은 엇더케 되엿니?"

⟨82⟩ (단월) "그 외에는 아모것도 몰음니다."

김 판셔가 다시 더 무러 볼 것도 업고 이 말로는 도뎌히 사득77)홀 수는 업스나 쇼져가 미일 혼ᄌ 잣다ᄂᆞᆫ듸 의심쎡으나, 그거스로도 사득홀 수가 업스미 단월은 도로 닉여 보닉고 딕궐로 드러가 이 사연듸로 알외미 위셔 드르시고 입마슬 다시시며,

"허… 이 일을 엇지 조쳐ᄒ면 조탄 말이오? 잘못 조쳐ᄒ다가는 앗가운 싱명 ᄒ나이 업셔질 터이니 아모ㅅ조록 극력78)ᄒ야 오결이 되지 아니ᄒ게 ᄒ오."

(김 판셔) "숨가 쳐결코ᄌ ᄒ오나 사득키가 어려우니 실로 근심이로소이다."

ᄒ며 군신지간79) 리약이를 ᄒ시는데 허 의정이 드러오며 김 판셔더러 뭇는다.

"엇지 쳐결이 되엿소? 하로밧비 쳐단ᄒ야 죽은 녀식에 원혼을 위로케 ᄒ야 쥬시오."

---

77) 사득(查得) : 조사를 통해 사실을 알아냄.

78) 극력(極力) : 있는 힘을 다해 애씀.

79) 군신지간(君臣之間) : 임금과 신하 사이.

〈83〉 (김 판셔) "네…, 아모ㅅ조록 속히 찻즐 닐 거시니 넘어 급히 ᄒᆞ시지 마시오."

(허) "넘어 급히 ᄒᆞ지 말나는 말이 엇지 ᄒᆞ는 말이오. 여긔셔 더 급ᄒᆞᆫ 일이 어듸 잇단 말이오."

(김 판셔) "네… 념녀 마셰요. 속히 귀졍80)을 ᄒᆞᆯ 거시니오. 셰상일이란 그러치 안슴넌다. 필경 졍범은 어듸던지 잇지오."

허 의졍이 이 소리를 듯고 화를 벌럭 니며,

"졍범이 어느 놈이란 말이요, 응…? 밤즁에 어느 놈이 드러와셔 죽이엿단 말이요, 응…? 딕감… 그 웬 소리요?"

(김 판셔) "셰상일은 측량ᄒᆞᆯ 수가 업스닛가 그리ᄒᆞ는 말숨이오니 화닉실 것 업슴니다. 하관81)이 어듸신지 가던지 잘 조처를 ᄒᆞ셔 들일 터이니 넘어 과격히 구지 마십시오."

샹이 둘이 닷토믈 보시고,

"경들은 이갓치 닷툴 일이 아니오. ᄎᆞᄎᆞ 조쳐ᄒᆞᆯ 도리

---

80) 귀정(歸正) : 잘못되었던 일이 바로 돌아옴.

81) 하관(下官) : 직위가 낮은 벼슬아치를 이르는 말로 상관에 대해 자신을 낮추는 표현으로 쓰임.

가 싱기〈84〉겟지. 이런 살옥이라는 거슨 다른 살옥과 달나 급히 ᄒᆞ겟소."

허 의졍은 이 말 저 말 다시 아니ᄒᆞ고 나가고, 김 판셔는 잇셔 걱졍이 부산ᄒᆞ되 샹이 김 판셔 귀에다가 입을 되시고 무슴 말슴을 두어 번 이르시니, 김 판셔가 즉시 퇴궐ᄒᆞ야 바로 법스로 가셔 종용히 한응을 불너 쏘 뭇는다.

"이 이, 나도 네가 익모ᄒᆞᆫ82) 듯ᄒᆞ야 이갓치 뭇는 거시니 바로 말을 ᄒᆞ여라. 첫눌 신부에 동졍이 엇더ᄒᆞ던?"

(한응) "네… 이갓치 쏘 불너 무르시니 말슴이지요. 신부는 가만히 보면 규즁쳐녀에 힝동 갓지가 안코 미우 휘황ᄒᆞ야83) 뵈와요. 그럼으로 ᄆᆞ음에는 불합ᄒᆞ오나 엇지 홀 수 업셔 옷만 벗기여 뉘고 안졋더니, 뒤가 마려옵기 뒤를 보라 갓더니 이런 일이 싱겻스오니 무슴 곡졀을 모르겟슴니다."

김 판셔가 이 말을 드르니 신부에 힝동도 의심이 나ᄂᆞ 그런 말도 거연히84) 홀 수도 업고 가슴만 졈졈 답답

---

82) 애매하다 : 잘못이 없는데 벌을 받아 억울하다.

83) 휘황하다 : 행동이 야단스러워 믿음직하지 않다.

84) 거연히 : 급하게

ᄒ야지고 아모 싱각이 아〈85〉니 도는지라. ᄒ춤을 먹먹히 안젓느듸 한응이 역시 김 판셔만 바라보고 섯다가 문득 장님이 ᄒ야 쥬던 금낭 싱각이 나는지라.

"올타! 아마 이런 ᄯᅦ에 ᄂᆡ여 노흐라 ᄒ 거신가? 그러나 몸에 가지지를 못ᄒ얏스니 엇지 훌고?"

ᄒ고 김 판셔에게 말을 ᄒ다.

"시싱도 아모리 싱각ᄒ와도 이번 일이 밍낭ᄒ야 면ᄒ기가 어려우나 ᄒ 가지 가지시고 풀어 보시면 졍범을 혹 잡을는지 모르오니 그거스로 히셕ᄒ야 보시옵쇼셔."

김 판셔가 이 소리를 듯고 귀가 번ᄶᅥᆨ ᄶᅦ어 고기를 번ᄶᅥᆨ 들고,

"응… 무어시 잇셔?"

(한응) "밋을 거슨 못 되오나 서너 번 증험85)ᄒ 일이 잇스오니 보십시샤 ᄒ는 거시올시다."

(김 판셔) "무어시란 말이냐?"

(한응) "몃칠 젼에 누가 금낭 ᄒ나를 쥬며 모면ᄒ 수 업시 ᄶᅩᆨ 죽게〈86〉되거던 이 금낭을 쥬면 즈연 살 도리가 잇스리라 히요."

---

85) 증험(證驗) : 실제로 경험하거나 증거가 될 만한 경험.

(김 판셔) "그리 금낭 속에 무어시 잇던?"

(한웅) "알 수가 잇슴닛가? 펴셔 보지 말고 이런 일을 당ᄒ거던 펴셔 보면 ᄌ연 알리라고 ᄒ기에 지금것 아니 보왓슴니다."

(김 판셔) "지금 어듸 잇단 말이냐?"

(한웅) "허 의정 집 시싱 힝장86)에 드럿슴니다."

(김 판셔) "누가 쥬던?"

한웅이가 장님 맛나셔 ᄒ던 리약이를 ᄒ니, 김 판셔가 쌀쌀 우스며,

"장님이 무어슬 알겟니마는 시험조로 ᄒ번 보자."

ᄒ고 잇튼늘 딕궐 드러가 이 ᄉ연을 알외고 한웅에 힝장을 드려다가 보니 비단 쥬머니 ᄒ나이 잇는지라. 셰여 보니 누른 조희에 헌 빅(白) ᄌ 세슬 썻거늘, 김 판셔가 드려다가 보고 아모리 싱각을 ᄒ야도 알 수가 업는지라. 위에 이 ᄉ연듸로 알외고 조희〈87〉를 맛치니 상이 보시고,

"허허, 춤…. 그 이상ᄒ데 경도 무어신지 알 수가 업쇼?"

---

86) 행장(行裝) : 여행할 때 쓰는 물건이나 옷차림.

(김 판셔) "소신도 아모리 보와도 히셕홀 수가 업슴니다."

상이 도로 늬여 쥬시며,

"경도 알 수 업거던 여츠여츠흠이 엇더ᄒ오?"

(김 판셔) "하교가 디당ᄒ십니다."

상이 이에 죠뎡에 하교ᄒ시되,

'이 조희에 ᄉ연87)을 히셕ᄒ는 직 잇스면 특별히 승등88)을 식히리라.'

이갓치 하교를 ᄒ시니 죠뎡 빅관89)이 각기 흔 번식 아니 보는 직 업시 보고 히셕코즈 ᄒ되, 능히 푸는 직 업는지라.

김 판셔가 아모리 젼력90)ᄒ야 한웅이를 살리여 늬고즈 ᄒ되 허 의졍은 ᄆ일 독촉만 ᄒ고 조희에 빅 즈 셰슬 히셕ᄒ는 즈는 업는지라. ᄆ음에 엇지 로심초사91)가 되

---

87) 사연(辭緣) : 편지의 내용.

88) 승등(陞等) : 벼슬의 등급이 오름.

89) 백관(百官) : 모든 벼슬하는 신하들.

90) 전력(專力) : 힘을 쏟음.

91) 노심초사(勞心焦思) : 몹시 애를 태움.

엿던지 무어 식음을 젼폐ᄒ고 형용92)이 초최ᄒ야 〈88〉 다니는데, 명하 쇼져가 ᄒ로는 즈긔 부친이 이갓치 걱정으로 지니믈 보고 민 부인끠 무러본다.

"어머님, 근일 듸감끠셔 무슴 일로 그러케 걱정으로 지니셰요?"

(민 부인) "너더러 이써ᄉ지 말을 아니힛다마는 요사이 이상흔 살옥이 나셔 그리ᄒ신단다."

(쇼져) "살옥이 낫슬지라도 졍범을 잡앗스면 고만인데 졍범을 못 잡엇슴닛가?"

(민 부인) "졍범을 잡기는 잡은 모양인데 일이 이상히 되여서 그릿탄다."

(쇼져) "엇지 되여셔 이상스러와요? 좀 드릿스면 조켓슴니다."

(민 부인) "다른 살옥이 아니라 이번에 시로 장원흔 스룸과 허 의졍 ᄯᅡᆯ과 혼인을 아니힛니?"

(쇼져) "네…."

〈89〉 (민 부인) "혼인을 힛는데 첫늘밤 신부가 허리를 칼에 질리여 죽엇단다."

---

92) 형용(形容) : 모양이나 모습.

(쇼져) "누가 죽이엿세요?"

(민 부인) "누가 죽인 거슬 알 수가 잇니? 신부 신랑이 둘이 잇다가 신랑은 살고 신부는 죽엇스닛가."

(쇼져) "그러면 신랑이 죽이엿나요?"

(민 부인) "신랑이 죽일 리는 업는데 일이 그쯤 되엿스닛가 의심 날 일이 아니냐? 허 의정은 죽이여 원수를 갑겟다 ᄒ는데 거연히 죽일 수도 업고 아니 죽일 수도 업슨즉 곤란치 안켓느냐? ᄯᅩ 신랑이 무어슬 너여놋코 히셕을 히셔 쥬면 신원이 되겟다 ᄒ는데 그것도 히셕홀 수가 업셔 걱정으로 지닉신단다."

(쇼져) "엇던 거슬 니여 노왓세요?"

(민 부인) "ᄌ셰히는 못 드럿다마는 누른 조희에 무슴 글ᄌ를 썻〈90〉다나 보더라."

(쇼져) "저는 무어슬 알겟슴닛가마는 ᄒᆫ번 좀 보왓스면 조켓슴니다."

(민 부인) "보기야 어려울 것 업지마는 히셕ᄒ기가 믹우 어려운가 보더라. 죠뎡에셔 모다 히셕ᄒ려 드려도 아는 이가 업슬 적에는."

(쇼져) "ᄉ룸에 의견이란 알 수 업슴니다. 잇다가 아바님 드러오시거던 좀 엿쥬어 보게 히셔 쥬십시오."

(민 부인) "오냐. 닉 엿쥬마."

이처럼 모친끠 부탁을 ᄒᆞ고 후원 련당93)으로 오니 이 씨 옥셤이가 련당을 일신히 소쇄ᄒᆞ고 쇼져 칙상 압헤 안져셔 닉측94) 편이라 ᄒᆞ는 칙을 드려다가 보더니, 쇼져 오믈 보고 칙을 도로 덥고 이러나거늘 쇼져가 칙상 압헤 가 안지며 웃는 낫츠로 주순을 반기95)ᄒᆞ고,

⟨91⟩ "옥셤아, 닉측 편을 보왓니? 녀ᄌᆞ가 되여셔 본밧을 힝실이 만흐니라."

옥셤이 역시 방그레 우스며,

"어듸 소비가 아모리 본들 ᄌᆞ셰히 알 수 잇셰요?"

(쇼져) "ᄎᆞᄎᆞ 보면 알지. 쳣술에 빅불을가? 이 이, 옥셤아. 그러나저러나 셰상에 별일도 다 잇더라."

(옥셤) "무어시 별일이야요?"

(쇼져) "허 의정 댁에서 일젼에 혼인ᄒᆞᆫ다고 아니ᄒᆞ던?"

(옥셤) "네… 드럿지오. 누가 병신이야요?"

(쇼져) "병신이면 좃케? 신부가 칼에 찔녀 쥭엇단다."

남에 일이지마는 옥셤이가 이 말을 듯고 깜작 놀나며,

---

93) 연당(蓮堂) : 연꽃이 있는 연못 주변의 정자.

94)《내칙(內則)》: 여자들이 집안에서 지켜야 할 법도나 규칙.

95) 반개(半開) : 반쯤 열림.

"에구…! 가이업서라. 신부가 웨 칼에 쥭엇셰요?"

(쇼져) "그러기에 별일이지."

(옥셤) "ᄌ긔가 찔너 쥭엇셰요?"

〈92〉 (쇼져) "ᄌ긔가 스스로 쥭을 식둙이 잇니? 그즁에 무숨 층졀이 잇는 거시지."

(옥셤) "셰샹에 괴샹흔 일도 잇슴니다. 필경 신랑 신부 간에 무슴 연고가 잇셔 신랑이 쥭이엿나 보이다."

(쇼져) "그거야 알 수 잇니? 나죵에 히옥96)을 히야 알지. 쏘 이샹흔 일이 잇더라. 무숨 비문97)을 니여 놋코 히옥을 ᄒ야 달나고 ᄒ드라닛가 그거시 무어신지 모르겟다."

로쥬98)지간에 이갓치 리약이를 ᄒ며 잇는데 죵이 안으로 나오며 쇼져를 보고,

"ᄃᆡ감끠셔 쇼져를 부르시니 드러가 보십시오."

(쇼져) "오냐. 언제 드러오시엿니?"

(죵) "드러오신 지 담ᄇᆡ 두어 ᄃᆡ 먹을 동안 되여요."

---

96) 해혹(解惑) : 의혹을 품.

97) 비문(秘文) : 비밀스러운 문서 혹운 문구.

98) 노주(奴主) : 주인과 종.

쇼져가 옥셤이를 다리고 드러가 김 판셔를 뵈오니, 김 판셔가 비문을 펴셔 놋코 안젓다가 쇼져 드러옴을 보고,

〈93〉"익기 오느냐? 거긔 안저라. 늬 네 어머니의게 드럿다마는 네 나 좀 풀어 보와라. 이거시란다."

ᄒ고 조희를 밀어 쇼져 압호로 보닉니 쇼져가 압호로 다 긔여놋코 한참 유심히 보더니,

"춤… 이상홉니다. 그거슬 엇더케 풀어야 조흘가요? 누른 조희에 흰 빅 주 셰슬 썻스니 황텬에 간 사름이 셰 번이나 살리여 달나고 히도 죽이엿단 말인가요?"

김 판셔가 썰썰 우스며,

"계집아히 소견이라 홀 수 업셔. 그러면 신랑이 죽이엿단 말이로구나."

(쇼져) "그럿습지오."

(판셔) "그러면 신원될 것 잇니? 신랑은 졈졈 얼키지 아니ᄒ겟니?"

(쇼져) "춤… 그러면 아니 되겟습니다. 인명으로 풀어 볼가요?"

(판셔) "흰 빅 주 셰슬 엇더케 성명으로 푼단 말이냐? 네 의건것 한〈94〉번 풀어 보와라."

쇼져가 쏘 한참 이리저리 보며 싱각을 ᄒ더니,

"허 의정 집에 혹 황빅습이라 ᄒ는 사름이 잇나 무러

보십시오."

김 판셔가 이 말을 듯고 한춤 싱각을 ᄒ더니,

"오…! 허씨 문즁에 황가 잇다는 말을 드른 법ᄒ지."

(쇼져) "그놈을 불너셔 문초ᄒ시면 히옥이 될 듯ᄒ니다."

(판셔) "네 말과 갓치 황가를 아라보겟다."

ᄒ고 즉시 뒤궐로 드러가 이 말듸로 알위니 위셔 드르시고,

"그 말도 근ᄉ99)ᄒ니 무러보오."

김 판셔가 즉시 ᄉ름을 허 의정에게 보닉여 쳥ᄒ니 허 의정은 무슴 결말이 낫나 ᄒ고 즉시 ᄉ름을 짜라 김 판셔를 와셔 보며,

"아… 이번에는 무슴 결말이 낫소?"

(김 판셔) "ᄎᄎ 결말이 나겟슴니다. 그러나 귀문즁에 황빅슴이라 ᄒ는 ᄉ름이 잇나요?"

〈95〉 (허) "네… 잇지오. 웨 그리ᄒ오?"

(김 판셔) "지금 잇슴닛가?"

(허) "믹일 집이 잇더니 몃칠 식 어듸를 갓는지 아니

---

99) 근사(近似) : 그럴 듯하니 괜찮음.

옵듸다."

(김) "그 스름에 집에 어듸쯤인가요?"

(허) "드른즉 동촌 련못골 산다더니 그져 거긔서 사는지 알 수 업소. 무슴 식듥으로 무르시오?"

(김) "츠츠 아시지오. 그러나 됙 하인이 그 스름에 집을 아는 놈이 잇셰요?"

(허) "다니어 본 놈이 더러 잇지오."

(김) "그러면 그놈을 좀 보닉 쥬시오."

(허) "그리ᄒ오."

ᄒ고 집으로 도라와 황가에 집 다니던 하인을 불너 셰우고,

"이 이, 근일 황 사과가 아니 오니 좀 가셔 보와라. 무어슬 ᄒ나."

하인이 허리를 굽흐리어 돌쳐셔며,

⟨96⟩ "네… 분부듸로 ᄒ게습니다."

ᄒ고 련못골 황가에 집으로 오는데, 이쎡 황가가 쇼져를 쎨너 죽이고 쒸여 나와 바로 져의 집으로 와셔 하회100) 만 보는데, 장한웅을 오늘 죽이느니 릭일 죽이느니 ᄒ더

---

100) 하회(下回) : 어떤 일 다음에 벌어지는 상황이나 결과.

니 무슴 비문을 닉여놋코 히셕을 ᄒ는 즁인데 비문은 황 디에 흰 빅 ᄌ 세슬 썻다 ᄒ거늘, 황가가 이 말을 듯고 ᄌ연 ᄆ음에 놀납고 가슴이 두근거려져서 ᄒ는 말이라.

"허…! 그 비문 이상ᄒ데. 닉 셩이 황가이요, ᄯ오 빅 ᄌ셰슬 썻다 ᄒ니 분명ᄒ 나로구나. 누구던지 푸는 이상은 의례히 나를 부를 터이지. ᄎᄎ 동졍을 보와 도망을 ᄒ리라."

ᄒ고 잇는데 딕문에 와서 누가 부른다.

"황 사과 계십시오?"

도적이 졔 발등이 졔리다고 부르는 소리를 듯고 가슴이 덜컥 쥬져안지며,

⟨97⟩ '어…, 글ᄌ를 누가 풀어닛나? 웬일인고? 나를 잡으러 왓스면 잡담졔우ᄒ고 바로 집으로 쒸여 들어올 터인데 황 ᄉ과 잇느냐 ᄒ니 잡으러 온 거슨 아니구면. 셰상 일을 알 수가 잇나?'

ᄒ고 마누라를 도라보고 손짓슬 홰홰 ᄒ며,

"업다구 ᄒ고 어듸셔 왓느냐 무러보오."

마누라는 무슴 일인지도 모르고 즁문간[101)]에 가셔 젯

---

101) 중문간(中門間) : 중문 있는 자리.

처진 즁문짝을 붓들고 뒤답혼다.

"어듸셔 왓나?"

(하인) "허 의졍 듹에셔 왓슴니다. 령감님 계심닛가?"

(마누라) "아니 계시니 드러오시거던 엿쥴게. 무슴 일로 왓나?"

(하인) "몰나요. 뒤감끠셔 엿쥬어 오라시닛가요."

흥고 하인은 도로 허 의졍 집으로 가고 마누라는 안으로 드러오며,

"령감…. 근일 무슴 일로 뒤감 댁에를 아니 가오?"

⟨98⟩ 황가가 무어시라고 뒤답홀 말이 업셔 말을 쑴이여 된다.

"일젼에 뒤감끠셔 불관102)혼 일에 쑤지람을 뒤단히 ᄒ시기 슐김에 말뒤답을 ᄒ고 황숑히셔 못 갓소."

(마누라) "그게 무슴 말슴이오? 뒤감끠셔 혹 남으라시는 일이 잇슬지라도 가만히 잇지 말뒤답이 무어시오. 우리가 지금것 살아오기도 그 뒤감 덕이 아니오? 쏘 오직 아라 쥬시여야 안밧글 드나드오? 지금이라도 가셔 뵈옵고 사과를 ᄒ오."

---

102) 불관(不關) : 관계하지 않음.

황가가 이 말을 듯고 이 말 저 말 업시 집안에 잇는 돈을 모도 가지고 어듸로 몸을 피ᄒ고 사면으로 스름을 노와 소문만 탐지ᄒ더라. 이씨 하인이 황가 업단 말을 듯고 도라와 허 의정에게 말ᄒ니 허 의정이 듯고 속으로,

'이놈이 요스이 어듸를 반히셔 다니길뇌 아니 오나? 뇌 집에 이런 변이 잇다면 불분 망식103) ᄒ고 일을 볼 터인데 참…. 괴상〈99〉ᄒ 일이로군.'

ᄒ고 하인을 보며,

"이 익, 사동 김 판셔 댁에 가셔 보와라. 김 판셔 듸감이 너를 좀 보뇌라 ᄒ시더라."

하인이 듸답ᄒ고 바로 사동 김 판셔 집으로 오니 김 판셔가 벌셔 예비를 힉셔 놋코 기다리다가 하인이 옴을 보고 한테 안동104)을 ᄒ야 황가에 집으로 오니, 황가는 벌셔 도망을 ᄒ얏스니 어듸 가 잡으리오? 사방에다가 방을 븟치고 '황가를 잡아 밧치는 지 잇스면 중상105)을 쥬리라' ᄒ얏스나 벌셔 몸을 감츄고 잇스니 누가 알리오?

---

103) 불분 망식(不分忘食) : 끼니 거른 것을 알지 못함.
104) 안동(眼同) : 사람을 데리고 가거나 물건을 가지고 감.
105) 중상(重賞) : 큰 상을 내림.

낫이면 은복106)ᄒᆞ얏다가 밤이면 변형을 ᄒᆞ고 도라다니며 소문을 드르니, 그 비셔를 다 풀지 못ᄒᆞ야 한응이를 쥭이랴다가 김 판서에 쏠 쇼져가 풀어셔 황가를 잡으랴 ᄒᆞ는데, 황가가 알고 도망ᄒᆞ야셔 우금 못 잡고 잇는데 '한응이는 이 오월에 옥즁에셔 오직 더울가?' ᄒᆞ야 한응이를 위처107) 쥬는 사ᄅᆞᆷ도 잇〈100〉고 혹 엇던 ᄌᆞ는 '이모ᄒᆞᆫ 황가를 잡으면 소용 잇나?', '아모리 싱각ᄒᆞ야도 황가야 무슴 관계야?' ᄒᆞ는 ᄌᆞ도 잇셔 공론이 분분ᄒᆞ지라.
　황가가 이 말 저 말 다 듯고 속으로,
　'올치! 김 쇼져가 풀어닉셔 나를 잡으라든다? 김 쇼져도 밍낭ᄒᆞᆫ 걸! 김 쇼져가 쏘 죽고 보면 누가 죽이엿다 ᄒᆞᆯ가?'
　ᄒᆞ고 쏘 불측ᄒᆞᆫ ᄆᆞ음을 먹고 잇더라.
　이ᄯᅢ는 오월 스므늘게라.
　김 쇼져가 후원 련당에서 한여름을 지닉는데 혹 불의에 도적이 잇슬가 ᄒᆞ야 마루로 올으는 손잡이를 븟들면 안과 사랑으로 쥴을 연ᄒᆞ야 믹엿슴으로 사ᄅᆞᆷ이 올으니

---

106) 은복(隱伏) : 몸을 숨기고 엎드려 있음.
107) 웃치다 : 실력 등을 더 높이 평가하거나 인정함.

리는 거슬 다 알게 되고, 쏘 방문 압헤다가 지함을 파고 낫이면 마루 쪽널을 덥고 밤이면 널을 쎼여 불의에 변을 방비ᄒ더라.

황가야 엇지 이갓치 불의에 변을 방비ᄒᆫ 줄 알리오? 몸에 단도를 품고 후원담을 넘어 드러가 이엿보니 마츰 쇼져가 압창에 발을 치고 안져셔 옥셤을 다리고 니측 편을 ᄀᆞᄅ쳐 쥬는데 그 화용월ᄐᆡ108)가 진실〈101〉로 경국지식109)이라. 눈이 현황ᄒᆞ야 어린 듯 취ᄒᆫ 듯 한츰 셔셔 보다가 속으로,

'허… 텬하에 졀식110) 둘이 니 손에 쥭을 쥴 엇지 알앗스리오? 다시 싱각ᄒ면 도로혀 한심ᄒ고 분ᄒ도다. 니 저러ᄒᆫ 가인을 못 다리고 살고 도로혀 니 손으로 쥭이니 실로 통분ᄒ도다.'

ᄒ고 민발로 마루 밋츨 살살 기여 마루 밋흐로 드러가 쇼져가 잠들기를 기다리더니, 종로셔 파루111) 소리가

---

108) 화용월태(花容月態) : 여인의 아름다운 모습.

109) 경국지색(傾國之色) : 나라를 흔들 만한 미인.

110) 절색(絶色) : 빼어난 미인.

111) 파루(罷漏) : 조선 시대에 서울에서 통행금지의 해제를 알리기 위

뎅뎅 나는데 쇼져가 칙을 겹으며,

"벌셔 파루를 치는구나. 고만 자자. 모괴장을 쳐라."

ᄒ더니 남포등을 반멸 반명ᄒ게 낫추고 옥셤을 다리고 누어 자는지라.

황가가 한춤 지쳬ᄒ 후 가만히 이러나 고기를 들고 이엿보니 정히 잠이 든 모양이어늘, 마루로 긔여 올나옴으로 손잡이는 잡지 아니ᄒ얏스나 엇지 디함이야 면ᄒ쇼냐! 황가가 마〈102〉루에 올나셔셔 련못슬 ᄂ려다보니 련곳츤 픠지 아니ᄒ얏스나 솟쑥게 갓흔 련엽이 련못에 가득ᄒ고 동텬에 얼네빗 갓흔 달이 울연히112) 련당 마루를 빗치는데 그 경치가 흔번 보옴즉ᄒ지라.

황가가 마루 씃헤 가 셔셔 경긔를 보는데 마춤 죡졔비가 쥐를 잡아먹는 거슬 고양이란 놈이 쎗아셔 먹느라고 셔로 싸홈을 ᄒ는데, 황가가 ᄒ여 쇼져에 잠이 씰가 ᄒ야 가만히 디셕113)에 ᄂ려 좃츠 바리고 다시 마루로 오르는데 손잡이를 잡은즉, 사면에서 방울 소리가 나거

해 치던 종.

112) 울연히 : 무성하게.

113) 대석(臺石) : 받침돌.

늘 무슴 일인지도 모르고 겁이 나셔 급히 방문을 열고 쒸여 드러가 쇼져를 히코즈 ᄒ더니, 몸이 별안간 허공에 가 곤두박이를 처 쩌러지며 층암절벽이라. 아모리 나오고즈 ᄒ들 어듸로 나오리오?

ᄎ시. 쇼져가 옥셤을 다리가 졍히 잠이 들냐는데 별안간 방문 압혜셔 별악 치는 소리가 나거늘 급히 이러나 옥셤을 흔들어 씨운다.

"이 이, 옥셤아. 자니…? 응…?"

⟨103⟩ 옥셤이가 벌덕 이러나며,

"아니 잠니다. 이게 무슴 소리야요?"

(쇼져) "글셰 말이다. 도젹놈이 아마 드럿나 보다."

ᄒ는데 벌셔 김 판셔가 하인을 다리고 드러오며,

"아가… 자느냐? 어듸셔 무슴 소리가 나니, 응…?"

쇼져와 옥셤이가 감히 문도 못 열고,

"문 밧긔셔 무슴 소리가 남니다."

김 판셔가 등불을 친히 들고 압혜셔 도라보더니

"어…? 이놈 보와라. 엇던 놈이 드럿구나!"

ᄒ고 하인을 식히여 황가를 잔쏙 결박ᄒ야 가두고, 식젼에 일즉이 법사로 긔별ᄒ야 문초114)를 ᄒ니 즉 황빅슘이라. 김 판셔가 듯고,

"허… 이놈이 엇지ᄒ야 내 집으로 드러왓슬가? 놈이

필연 제 일홈을 발각홈을 혐의ᄒ야 히ᄒ랴고 드러〈104〉
온 거시로군."

ᄒ고 김 판셔가 친히 문초홀싀, 형틀에 업허 놋코 집
장사령115)과 포교를 좌우에 느러셰운 후,

"이놈…! 말 듯거라! 네가 황빅슘이라지?"

(황) "네… 그럿슴니다."

(김 판셔) "네가 허 의정 댁에 다닌 지가 몃 히나 되느
냐?"

(황) "지금 십오 년지 됩니다."

(김 판셔) "십오 년지 되여? 그러면 지금 네 나히 얼마
나 되느냐?"

(황) "삼십이올시다."

(김 판셔) "십오 년 동안을 허 의정 댁에셔 엇더케 지
닛느냐?"

(황) "본이 어렷슬 ᄯᅥ브터 다닌 싀돍으로 안밧글 무상
츌립116)홈 니다."

---

114) 문초(問招) : 죄에 대해 심문함.

115) 집장사령(執杖使令) : 장형을 시행하는 사람.

116) 무상출입(無常出入) : 아무렇지도 않게 아무 때나 출입함.

(김 판서) "이놈… 그러케 다니는 놈이 허 의정 딕에 그런 괴변상이 나믈 알앗슬 터이니 의례히 가셔 일을 보와 드려야 〈105〉 올흘 터이어늘, 도망ᄒ고 아니 감은 무슴 싯둙이냐, 응…? 이놈…!"

　황가 놈이 가만히 싱각을 흔즉 몰낫다고 홀 수는 업고 쏘 바로 ᄒ면 당장 죽을지라. 차라리 노름군으로 잡히던지 도적으로 잡히면 죄가 경홀 쥴로 알고 말을 쑴이여 딘다.

　"네… 황송ᄒ오나 그 댁에 변상117) 난 줄이야 몰낫겟슴닛가마는 몃칠간 노름ᄒ노라고 못 갓ᄉ오며, 쏘 쥭을 쎠라 댁으로 도적질을 드러가다가 잡히엿ᄉ오니 하히지틱118)을 니리샤 살와 쥬시기를 바람니다."

　김 판서가 눈을 부릅쓰고 호령을 츄상119)갓치 ᄒ며,

　"이놈…. 네가 댁에 드러옴은 츠츠 말ᄒ려니와 허 의정 댁에 엇지ᄒ야 변상이 낫느냐?"

　(황) "변상이 낫다는 말은 드럿지오마는 무슴 일로 낫

---

117) 변상(變喪) : 변고로 인한 사람의 죽음.
118) 하해지택(河海之澤) : 바다 같이 넓고 큰 은혜.
119) 추상(秋霜) : 가을에 내리는 찬 서리.

는지 그거시야 알 수 잇슴닛가?"

〈106〉 (김 판셔) "이놈…! 미를 마저야 바로 딜가, 응…? 이놈!"

(황) "죽사와도 알 수 업습니다."

(김 판셔) "정녕…?"

(황) "네… 죽어도 모릅니다."

김 판셔가 집장사령을 호령ᄒ야 물푸레를 둘식 소아 십도를 밍타120)ᄒ라 ᄒ니 집장사령이 물푸레를 눈 우에 번쩍 드러 '으윽' 소리를 치고 닉리 십도를 치며,

"이놈! 바로 알외여라!"

ᄒ는데 눈에서 실안기 돌고 텬디가 아득ᄒ지라.

"에구구!"

ᄒ며,

"죽ᄉ와도 바로 알외겟습니다."

(김 판셔) "그릭. 쇼져를 네가 죽이엿지?"

(황) "네… 만 번 죽어도 쌈니다."

김 판셔가 위션 ᄉ실을 아니 무러보고 죽인 것브터 무러보믄 다른 ᄉ둛이 아니라 허 의정을 불너 갓치 듯고

---

120) 맹타(猛打) : 몹시 세게 때림.

즈 홈이라. 김 판〈107〉셔가 죽이엿다는 말을 듯고 즉시 스룸을 보뉘여 허 의정을 쳥ᄒᆞ니, 허 의정은 속도 모르고 밤낫 쭐 싱각만 ᄒᆞ고 눈물을 흘리며 한응을 ᄒᆞ로밧비 죽이고 십흐나 여의치 못ᄒᆞ야 한탄만 ᄒᆞ고 잇더니, 김 판셔가 쳥홈을 듯고 급히 하인을 싸라 ᄌᆡ판소로 오니, 김 판셔가 졍히 황가를 문초ᄒᆞ다가 허 의정 옴을 보고 이러 마지며 상좌121)를 ᄂᆡ여 노ᄒᆞ니 허 의정이 안지며 김 판셔더러 황가 엇지 잡으믈 뭇는다.

"황빅슘이를 무슴 일노 연일 잡으러 드시더니 엇더케 잡으셧소? 그놈이 무슴 죄인지는 모르되 늬 집 스룸이니 좀 보아쥬시오."

김 판셔가 이 말을 듯고 속으로 우스며,

'아모리 진실훈 군ᄌᆞ기로 엇지 져갓치 두문동122)으로 잇노?'

ᄒᆞ며 딕답을 훈다.

"딕감끠셔 지금것 황가 놈에 일을 모르심니다그려.

---

121) 상좌(上座) : 높은 사람이 앉는 자리.

122) 두문동(杜門洞) : 조선 건국에 반대한 고려 유신들이 모여 살던 곳. 두문불출(杜門不出)의 어원이 됨.

〈108〉 딕감 쳥ᄒᆞ기는 다름이 아니라 밤낫 장탄123)으로 지닉시던 일이 오늘이야 끗치 나기에 친히 뵙시샤고 흠이올시다."

ᄒᆞ고 황가를 다시 닉려다보며,

"이놈! 엇지엇지 되여셔 쇼져를 죽이엿셔!"

황가 놈이 형틀에 가 업딕여 허 의졍을 쳐다보니 어딕가 감히 그런 소리를 ᄒᆞ리오마는 호령이 츄상 갓고 좌우에셔 집장ᄉᆞ령들이,

"으윽!"

소리를 치며,

"이놈! 쌜리 알외라."

ᄒᆞ는 소리 벽악이 닉리는 듯 가삼이 셔늘ᄒᆞ고 졍신이 아득ᄒᆞ니 엇지 감히 일호124)인들 긔망ᄒᆞ리오. 이에 ᄌᆞ초지종125)을 말ᄒᆞᆫ다.

"네… 바로 알외겟습니다. 소인이 십륙 셰로부터 허 의졍 댁에를 쳥직이로 다니는딕 안팟그로 드나드릿습

---

123) 장탄(長歎) : 긴 한숨과 탄식.

124) 일호(一毫) : 털끝만큼 작은 정도.

125) 자초지종(自初至終) : 처음부터 끝까지의 모든 과정.

니다. 그찌에 쇼져가 나히 셰 살인고로 안어도 쥬고 업어도 쥬어 십륙 셰가 되여도 늬외 업시 드나듬으로, 쇼져가 혹 심부름을 〈109〉 식키면 히다 쥬는데, 하로는 쌍륙(雙陸)126)을 사다 달나고 ᄒ기에 사다 쥬엇슴니다."

(김 판셔) "그리… 쏘 엇지 힛셔…?"

(황) "쌍륙을 사다가 쥬엇더니 쌍륙을 가라처 달나고 히요. 그리셔 각금 가라처 쥬엇더니 하로는 슐를 쥬며 잇다 져녁에 죵용이 와셔 쏘 쌍륙을 치ᄌ고 ᄒ기로, 듸감 줌드신 ᄉ이에 갓셧드니 쏘 슐을 쥬며 쌍륙을 치되 팔둑치기를 ᄒᄌ기 쇼져 말듸로 첫슴니다."

ᄒ고 가만이 업듸여 말이 업거늘 김 판셔가 소리를 지르며,

"그리셔…? 쏘 엇지 힌니, 응…? 이놈!"

(황) "쥭이여 줍시샤. 더 말슴 홀 것 업슴니다."

(김 판셔) "이놈…! 치기 젼에 바로 알위여라."

황가가 아모리 입이 아니 써러지나 엇지ᄒ리요?

"네…. 쏘 알위깃슴니다. 그날브터는 미일 듸감만 쥬

---

126) 쌍륙(雙陸) : 민속놀이의 하나. 놀이하는 사람들이 둘로 나뉘어 주사위를 던져 말을 먼저 궁에 들여보내는 놀이.

무시면 〈110〉 쇼져의게 가셔 혹 쇼져와 ㄱㅌ치 자기도 ᄒ
고 혹 놀다가도 와셔 은연히 밍셰를 ᄒ고 잇는디, 하로
는 디감끠셔 장한웅과 정혼ᄒ시엿단 말을 듯고 그날 밤
에 가셔 엇지ᄒ랴느냐 무른즉 쇼져 말이 우리 밍셰가 지
즁ᄒ즉 다른 사름을 셤기겟느냐, 혼인날 밤에 모든 경
보127)만 ᄊ셔 가지고 나올 거시니 후원 담 뒤에 가 잇스
면 담으로 수건을 넘길 거시니 수건 ᄭᅳᆺᄎᆯ 붓들면 수건을
잡고 넘어갈 거시니 그쌔에 어듸로 도망ᄒ야 살ᄌ고 ᄒ
더니, 달기 우러도 아니 나오기에 소인에 싱각에 신랑을
보더니 ᄯᅩ ᄆᆞ음이 변ᄒ야 언약을 저바리는 듯ᄒ야 분ᄒᆫ
싱각이 나셔, 신랑 신부 둘을 죽이랴고 담을 넘어 드러가
셔 아루목에 누은 사름을 찔너 죽이고 ᄯᅩ 사름 ᄒ나를 ᄎ
진즉 업습기, ᄆᆞ음에 황급ᄒ야 도망ᄒᆫ 후 소문을 드른즉
죠희에 비문을 댁 쇼져가 풀어셔 소인을 잡으러 든다기
기혼신이 씨엿든지128) 분ᄒᆫ 싱각이 드러 ᄯᅩ 히ᄒ〈111〉랴
다가, 하늘이 뮈어ᄒ심인지 잡피엿스오니 죽이실 쌔만
바람니다."

---

127) 경보(輕寶) : 몸에 지닐 수 있는 가벼운 보물.
128) 개혼이 씌다 : 제정신이 아님.

ᄒᆞ고 고기를 형틀에 그루박고129) 아모 소리가 업는데, 허 의졍이 이 문초ᄒᆞᄂᆞᆫ 소리를 다 듯더니,

"어…!"

소리를 치고 뒤로 벌덕 나가 잡바지는지라.

김 판셔가 급히 방으로 안아 드려 뉘고 ᄉᆞ지를 쥬무르며 약물을 흘녀 너으니 이슥ᄒᆞᆫ 후 허 의졍이 눈을 쓰고, 긴 한숨 한번을 휘이 쉬더니 김 판셔를 도라보며,

"폐문이 불힝ᄒᆞ야 셰샹에 머리를 들지 못ᄒᆞᆯ 변괴가 낫스니 엇지 한심치 아니ᄒᆞ리요! 이 스룸은 ᄒᆡ골을 나라에 비러130) 묘막에 가셔 여년을 맛치고자 ᄒᆞ오니, 황가 놈은 국법이 잇ᄉᆞ온즉 다른 말슴을 부탁지 아니ᄒᆞ오."

ᄒᆞ고 바로 집으로 도라와 걸히131) 샹소를 밧치니, 샹이 ᄉᆞ연을 드〈112〉르시고 허ᄒᆞ시니 허 의졍은 가속을 거나리고 묘하로 ᄂᆞ려가 영위132) 셰샹에를 나지 안터라.

김 판셔가 나라에 ᄉᆞ연을 알위고 일변 장한웅은 방송

---

129) 그루박다 : 물건 등을 거꾸로 놓다.

130) 해골을 빌다 : 신하가 임금에게 벼슬을 내어놓기를 청함.

131) 걸해(乞骸) : 늙은 신하가 벼슬을 내놓고 임금에게 은퇴를 청함.

132) 영우 : '영영'의 방언.

복직ᄒᆞ고 황가는 사형에 쳐ᄒᆞᆫ 후, 입궐ᄒᆞ야 복명133)ᄒᆞ니, 상이 쟝한응을 명쵸134)ᄒᆞ사 손을 잡으시고,

"허허…, 허 모의 집일은 가이업셔 말ᄒᆞᆯ 것 업거니와 너는 공연히 무한ᄒᆞᆫ 고초를 밧앗스니 이역 일시 익운이라. 누를 원망ᄒᆞ리오? 그러ᄒᆞ나 딤이 쏘 ᄒᆞᆯ 말이 잇도다."

ᄒᆞ시고 우스시며 김 판셔를 도라보시고,

"경은 나에 말을 들을가?"

(김 판셔) "엇지 감히 거역ᄒᆞ리잇가?"

(상) "젼일에 졉이 집던 싱각이 아니 나오? 인졔는 졉이 쏩을 식둙도 업스니 젼일 먹은 ᄆᆞ음을 다시 이음이 올토다."

ᄒᆞ시고 특별히 혼수 범졀을 후이 ᄂᆡ리시고 혼인을 불복일135) 거〈113〉ᄒᆡᆼᄒᆞ라 ᄒᆞ시니 뉘 감히 거역ᄒᆞ리오?

김 판셔가 ᄆᆞ음이 잇던 즁 더욱 깃거ᄒᆞ야 불복일 거ᄒᆡᆼᄒᆞ니 그 위의에 찬란홈과 관광인에 칭찬은 ᄒᆞᆫ 붓스로 긔록ᄒᆞᆯ 수 업더라.

---

133) 복명(復命) : 명령에 따라 일을 처리하고 보고함.

134) 명초(命招) : 임금이 명해 신하를 부름.

135) 불복일(不卜日) : 혼인 등을 급하게 빨리 하느라 날을 가리지 않음.

이놀 밤 한응이가 허씨에 일을 싱각ᄒᆞ니 혹 쑴도 갓고 혹 싱시도 갓히 질정136)ᄒᆞᆯ 수 업는 즁 신방에를 드러 좌우를 삷혀보니 젼일에 보던 방갓치 익어 보이는지라. ᄆᆞ음에 더욱 현황난측137)ᄒᆞ야,

'허…, 이 일이 도시 쑴이란 말인가, 싱시란 말인가? 이 일이 웬일인고?'

ᄒᆞ고 안젓는데 밧그로 신부가 드러와 안는데 그 요조ᄒᆞᆫ 덕식이 허씨에 빅빅나 쒸여날 ᄲᅮᆫ외라, ᄒᆞᆫ번 보던 얼골 갓히셔 조금도 서툴너 보이지 아니ᄒᆞᆫ지라. 속으로 가만히 싱각을 ᄒᆞ야 본다.

'이 방이 젼일에 드러온 방인 듯ᄒᆞ나 쑴도 갓흐니 신부더러 ᄒᆞᆫ 번 살니여 쥰 ᄉᆞ례도 ᄒᆞ고 무러도 보리라.'

압흐로 갓가히 안지며 우슴 낫츠로,

⟨114⟩ "쥭을 ᄉᆞ름을 명쳘(明哲) 식견으로 살니여 쥬셧스니 감샤ᄒᆞᆫ 말슴 엇지 다 ᄒᆞ오릿가?"

신부가 양협에 도화 긔운을 씌우고 아미를 슉이며,

"이는 다 군ᄌᆞ에 이모138)ᄒᆞᆷ을 하늘이 아시고 그러케

---

136) 질정(質定) : 갈피를 잡고 정함.
137) 현황난측(炫煌難測) : 매우 어지럽거나 황홀해 헤아리기 어려움.

식히심이오니 엇지 쳡에 힘이라 ᄒᆞ릿가? 황감무디올시다."

한응이 이 말을 듯고 더욱 ᄆᆞ음에 깃거ᄒᆞ야 압흐로 더 닥어안지며,

"방과 신부를 보오니 젼일에 ᄒᆞᆫ번 드러와 본 법ᄒᆞ니 그ᄃᆡ도 나를 ᄒᆞᆫ번 본 듯ᄒᆞ지 아니ᄒᆞ오?"

신부가 이 말을 듯고 더욱 붓그러운 긔운을 ᄯᅴ우고 눈을 드러 잠간 보니 쇼져에 총명으로 엇지 모르리오?

"쳡도 군ᄌᆞ를 잠간 뵈오니 즉 젼일에 룡산 가시던 양반이시라. 엇지 모르리잇가? 군ᄌᆞᄭᅴ 더 말슴ᄒᆞᆯ 것 업도소이다."

한응이 이 말을 드르니 그 희츌망외139)흠을 엇지 다 말ᄒᆞ리오?

일〈115〉면이 여구140) 갓히셔 룡산 가셔 지닉던 말을 일일히 다ᄒᆞ며,

"신부에 두 번 살게 ᄒᆞ야 쥬믄 빅골난망141)이로다."

---

138) 애매(曖昧) : 잘못 없이 누명을 써서 억울함.

139) 희츌망외(喜出望外) : 뜻밖의 기쁜 일이 생김.

140) 일면(一面)이 여구(如舊) : 처음 만났으나 오래 본 것 같이 친밀함.

신부는 아미를 숙이고 드를 뿐이러라.

이러구러 주연 밤이 깁헛스미 촉을 물리고 금검에 누으니 그 질겨홈이야 엇지 다 말흐리오?

잇흔날 일즉이 이러나 신부가 모친을 뵈옵고 한응에 리약이를 다흐니 민 부인이 듯고 사위 보기가 비록 무안흐나 신긔홈을 못닉 일커르며 김 판셔에게신지 그런 ᄉ연을 그쪄야 말을 흐니, 김 판셔가 만일 일이 이쯤 아니 되얏스면 디칙을 흐겟지마는 이갓치 신긔히 되엿스미 도로혀 신긔홈을 일컷더라.

장현응이가 즉시 나라에 말미를 엇어 가지고 은진으로 닉려가 모친을 뵈오니 김 부인이 한응을 보고 깃거운 빗츨 씌우며 손을 잡고,

"네가 오늘 이갓치 되엿슨즉 쥭어도 한이 업도다. 그러나 신부는 가히 너의 비우가 되더냐? ⟨116⟩ 네가 장가를 간다는 소리를 듯고 친히 보지 못흐야 섭섭흐나 부득이흔 ᄉ정으로 되엿슨즉 엇지흐리오? 모음에는 깃거흐나 쑴주리가 하도 이상흐야 모음을 못 노왓다."

한응이가 이 말을 듯고 ᄌ초지종을 일일이 말슴흐니

---

141) 백골난망(白骨難忘) : 죽어서 백골이 되어도 잊을 수 없는 큰 은혜.

김 부인이 듯고 ᄆᆞ음에 놀나우나 일이 무ᄉᆞ히 되엿스미 놀나믈 돌히여 깃거ᄒᆞ야, 한응에 등을 어루만지며,

"글셰…. 엇지ᄒᆞ던지 ᄌᆞ연 불평ᄒᆞ야 꿈이 뒤숭숭ᄒᆞ더라. 그러나 일이 무ᄉᆞ히 되엿스니 이는 아마 죠상이 도으신가 보다마는 ᄌᆡ상가 규수로 엇지 그처럼 ᄒᆡᆼ실이 괴악ᄒᆞ단 말이냐?"

(한응) "ᄒᆡᆼ실이야 반상이 어듸 잇슴닛가? 가뎡교육 업스면 그러ᄒᆞ지오."

ᄒᆞ고 부인을 모시고 올나와 집을 ᄉᆡ로 사셔 빗쳐ᄒᆞ고 위에 복명ᄒᆞ니 상이 깃거ᄒᆞ샤 한응에 벼살을 도두시고 김 부인과 ᄌᆞ〈117〉부 김 부인을 부인 즉첩을 ᄂᆡ리시니라.

김 부인이 ᄌᆞ부 김 부인에 손을 잡고 흔연ᄒᆞᆫ 빗ᄎᆞ로,

"너의 가군을 두 번이나 죽을 거슬 살게 ᄒᆞ니 ᄂᆡ 엇지 죽은들 잇겟느냐?"

(김 부인) "이는 다 존고142)에 음덕으로 됨이오나, 소부에 집에셔 ᄒᆞᆫ 일을 ᄉᆡᆼ각ᄒᆞ오면 황송ᄒᆞ온 말ᄉᆞᆷ을 엇지 다 말ᄉᆞᆷᄒᆞ릿가?"

ᄒᆞ고 ᄎᆞ후로 ᄌᆞ부에 도를 극진히 ᄒᆞ니 뉘 아니 칭찬

---

142) 존고(尊姑) : 시어머니를 높여 부르는 말.

ㅎ리오. 가스를 정돈 후 한응이가 장님에 신통홈을 못 니저 은혜를 갑고즈 ㅎ야 미동으로 가셔 츠지니 그 집에셔 ㅎ는 말이 작년에 이숨일간 잇다가 어듸로 갓는지 모른다 ㅎ거늘, 스면으로 츠저보니 종젹이 업는지라.

속으로,

'금낭 쥬던 이가 심상ᄒᆫ 스름이 아니오, 필연 신인이 이갓치 비셔를 쥬어 나를 살게 홈이로다.'

ㅎ고 하늘을 우러러 암축143) ᄒ더라.

---

143) 암축(暗祝) : 마음속으로 기도함.

해 설

　《옥중금낭》은 신소설 혹은 개화기 소설로 불리기도 하지만 고전소설 《정수경전》의 이본으로도 다루어진다. 《옥중금낭》이 신소설이든 고전소설이든 《정수경전》과 밀접한 관련이 있다는 것은 부정하기 어렵다. 《옥중금낭》의 서사적 골격이 《정수경전》과 거의 동일하기 때문이다.

　물론 주인공의 이름이나 등장인물들의 이름을 보면 《정수경전》과는 아예 달라서 동일한 소설 작품이라고 쉽게 파악하기 어렵다. 그렇지만 서사의 주요 내용이 남성 주인공이 점을 봐 자신에게 생길 액운을 알게 되고, 그러한 액운을 이겨 낼 방법을 알아내고서 자신에게 닥치는 어려움을 결국은 잘 겪어 낸다는 이야기라는 점에서 《옥중금낭》과 《정수경전》은 매우 비슷하다.

　이러한 유사성 때문에 연구자에 따라서 《옥중금낭》을 《정수경전》의 이본으로 다루기도 하고, 《정수경전》의 이본이라기보다는 새로운 소설로 재탄생한 작품으로 보기도 한다. 《옥중금낭》의 주요 서사가 《정수경전》과 유사하기는 하지만 신소설로서의 성격이 잘 드러나고 《정수경전》

의 서사와 다른 점들이 있다는 것에 주목했기 때문이다.

그러나 《옥중금낭》이 단지 《정수경전》만을 바탕으로 새롭게 만들어진 소설이라고 한정 지어 말하기는 어렵다. 《정수경전》이 이미 전승되고 있던 설화와 관련이 있고, 《옥중금낭》도 다른 설화와 관련이 있기 때문이다. 그래서 《옥중금낭》은 기존에 있던 《정수경전》과 설화를 바탕으로 해 개화기에 신소설로 새롭게 창작된 작품이라 할 수 있다.

현재 전해지는 《옥중금낭》 자료에는 활자본과 필사본이 있다. 활자본으로는 신구서림에서 1913년과 1918년, 1924년에 간행된 3종이 있고, 1924년에 간행된 박문서관본 등이 있다. 이들 자료의 내용은 거의 비슷하다. 이 글에서 바탕으로 한 《옥중금낭》 자료는 신구서림에서 1913년에 간행된 초판본이다.

《옥중금낭》의 주요 내용

남성 주인공 장한웅이 겪는 사건을 중심으로 정리해 볼 수 있다. 《옥중금낭》의 전체적인 내용을 서사 전개에 따라 정리하면 다음과 같다.

1. 어느 장님이 길을 가다가 아이들의 장난에 곤경에 빠져 어려움을 겪는다. 장한웅이 길을 지나가다가 이를 보고 아이들의 장난에서 장님을 구해 준다.

　2. 장한웅의 도움에 대해 장님이 감사의 표시로 장한웅에게 점을 쳐 준다.

　3. 장님 점쟁이가 말해 준 장한웅의 앞날은 이러하다. 장한웅은 과거 시험을 보기 위해 집을 떠나왔지만 시험이 연기될 것이며, 장한웅이 과거에서 마침내 장원급제를 할 것이지만 세 번의 죽을 운수가 있다는 것이다. 그 죽을 운수란 장한웅이 불에 타서 죽을 운수, 물에 빠져 죽을 운수, 옥에 갇혀 죽을 운수다. 점쟁이는 나쁜 운수를 면할 수 있는 방법으로 첫 번째로는 정직한 마음, 두 번째는 돈, 세 번째는 비단 주머니를 제시한다.

　4. 점쟁이의 예언대로 장한웅이 보려던 과거 시험이 연기가 되어 집으로 돌아갔다가, 다음 과거 시험에 응시하기 위해 다시 길을 떠난다.

　5. 한웅이 투숙한 주막집에서 주인집 여자가 한웅을 유혹하지만 한웅이 응하지 않는다. 그러자 그 여자는 한웅이 강간하려다가 밥값도 주지 않고 도망한다고 소리를 친다. 이때 주인 남자가 들어와서 자신이 숨어서 모든 일을

다 보았고, 한응이 만약 여자의 유혹에 넘어갔다면 불을 질러 태워 죽였을 것이라 한다. 그리고 주인 남자는 한응에게 절하며 사과하고 여자를 쫓아낸다.

6. 주막집 주인 남자는 한응에게 자신이 원래 허 의정 집안의 종이었으며, 허 의정이 이번 과거에 장원급제한 사람을 사위로 삼을 것이라고 말해 준다.

7. 어느 날 한응이 산보를 하다가 보쌈을 당해 김 판서 집에 만들어진 신방에 들어간다. 김 판서의 딸 명하 소저가 과부가 되는 것을 면하기 위해서는 가짜 신랑을 만들어야 한다는 점쟁이의 말 때문이었다. 김 판서와 명화 소저는 반대하지만 김 판서의 아내 민 부인은 점쟁이의 말을 믿고 한응을 보쌈하게 된다.

8. 보쌈을 당해 죽게 된 한응은 명하 소저에게서 금 한 덩이를 받는다. 그 금으로 한응은 물에 빠져 죽을 위기에서 벗어난다.

9. 장한응은 과거 시험에 응시해 장원급제를 하고 한림학사를 제수받는다. 그러자 허 의정과 김 판서 모두 장한응을 사위 삼고 싶어 한다. 임금이 허 의정의 딸 옥화 소저의 나이가 한 살 더 많다는 이유로 한응을 허 의정과 딸과 혼인하도록 한다.

10. 허 의정의 딸 옥화 소저는 집안사람들 모르게 황백

삼과 만나고 있었다. 혼인을 하게 된 옥화 소저는 황백삼과 함께 혼인하는 날 도망하기로 약속한다. 그렇지만 옥화 소저는 혼인날 장한웅을 보고 마음에 들어 황백삼과의 약속을 지키지 않고, 옥화를 기다리다가 화가 난 황백삼은 신방에 들어와 신부를 죽인다.

11. 황백삼이 신방에 들어왔을 때 마침 뒷간에 갔던 장한웅은 신방에서 이상한 소리가 나서 살피던 시비 단월이를 만나 옥화 소저를 죽인 살인범으로 몰린다.

12. 단월이의 말을 듣고 허 의정은 장한웅이 자신의 딸을 죽였다고 확신하고 임금에게 원수를 갚아 달라 청한다.

13. 살인범으로 죽을 위기에 처한 장한웅은 점쟁이가 준 비단 주머니가 떠올라 김 판서에게 비단 주머니가 허 의정 집에 있음을 말한다. 김 판서가 비단 주머니를 찾아 열어 보니 흰 백(白) 자 셋이 쓰여 있는 누런 종이가 있었다. 아무도 그 의미를 알지 못해 임금이 종이에 쓰인 글자의 의미를 해석하는 사람에게 벼슬을 높여 주겠다고 명을 내린다.

14. 하루는 명하 소저가 부친이 근심하는 것을 보고 그 종이에 쓰인 것이 황백삼이라는 사람을 가리키는 것이라고 풀어낸다. 황백삼이 이 소문을 듣고 도망해 김 소저까지 죽이려는 마음을 품는다.

15. 황백삼이 김 판서 집에 숨어 들어가 명하 소저를 죽이려 한다. 그러나 명하 소저가 불의의 변에 철저히 대비한 것을 몰랐던 황백삼은 붙잡혀 문초를 당한다. 황백삼은 김 판서와 허 의정 앞에서 모든 사실을 고백했고 허 의정은 이를 듣고 벼슬을 그만둔다.

16. 장한응은 석방되어 복직되고 임금의 명으로 김 판서의 사위가 된다. 김 판서의 딸과 혼인한 장한응은 신방에 들어가서 자신이 보쌈을 당한 집이 김 판서 집이라는 것과 자신을 살려 준 여인이 신부인 명화 소저라는 것을 알게 된다.

17. 한응이 어머니를 모시고 올라와 집도 새로 사서 함께 살게 되고 벼슬도 높아졌다. 한응은 비단 주머니를 마련해 준 장님의 신통함에 은혜를 갚고자 찾아갔으나 장님은 종적을 알 수 없었다.

《옥중금낭》의 특징

앞서 《옥중금낭》이 《정수경전》을 바탕으로 창작된 작품이며 신소설적 특징도 있음을 대략 적으로 살펴보았다. 그런데 정작 《옥중금낭》의 작자는 《옥중금낭》을 신소설로 보이고 싶었던 듯하다. 왜냐하면 작품 제목 앞에 '新小說(신소설)'이라고 부기했기 때문이다. 이는《옥중금낭》의 작자가 신소설을 의식하고《정수경전》을 바탕으로 개작했음을 말해 준다. 이러한《정수경전》개작본인《옥중금낭》이 지니고 있는 독자적 특징을 살펴보도록 하자.

《옥중금낭》의 서사는 특징적 유형을 갖고 있다.《옥중금낭》에서 주인공 장한웅이 점을 쳐서 알게 된 액운을 이겨 내고 자신의 삶을 찾는다는 점에 주목해 보면《옥중금낭》은 액운소설 혹은 운명소설이라 할 수 있다. 또한《옥중금낭》이라는 제목에서 보듯이 장한웅이 살인 사건에 연루되어 옥에 갇히고, 자신의 무죄를 밝혀야 하는 상황에서 문제를 해결하는 과정을 중심으로 보면《옥중금낭》은 송사소설 유형과도 관련지을 수 있다. 살인 사건의 진짜 범인을 찾아가는 과정으로 보면 추리소설로도 볼 수 있다.

《옥중금낭》에 나타나는 신소설로서의 면모는 여러 측면에서 찾을 수 있다. 우선《옥중금낭(獄中錦囊)》이라는 제목에서 생각해 볼 수 있는데,《옥중금낭》을 글자 그대로 풀이하면 '감옥 속에 있는 비단 주머니'다. 대개의 고전소설 제목이 '○○○전'과 같이 주인공의 이름이 포함되어 있다는 것을 고려하면《옥중금낭》이라는 제목은 고전소설로 보이지 않게 하는 점이다. 다시 말해 고전소설이었다면《옥중금낭》의 제목은《장한응전》이 되었을 것이다. 그렇지만《정수경전》도 아니고《장한응전》도 아닌《옥중금낭》으로 작품의 제목이 만들어진 것은 이해조가《춘향전》을 신소설로 개작하면서 제목을《옥중화》라 지은 것과 유사한 방식이다.

다음으로《옥중금낭》의 시작 부분에서 신소설적 특징이 뚜렷이 나타나는 것을 볼 수 있다.

"문에리수에 – 에 –."
이같이 귀청이 떨어지도록 소리를 외치며 오는 맹인은 나이가 쉰 살가량 되어 보였다. 왼손에는 부채를 들고 오른손에 일곱 마디 긴 검은색 대나무 지팡이로 눈을 삼아 앞길을 두드리며 가고 있었는데, 남대문을 지나 대평동 어귀에 당도할 때쯤이었다.

아이들 7, 8명이 몰려다니며 혹 술래잡기도 하고 혹 숨바꼭질도 하고 있다가 맹인이 오는 것을 보고 한 아이가 옆으로 오더니,

"장님! 장님!"
맹인이 지나가다가 아이 녀석이 부르는 소리를 듣고 뚝 서서,

"왜 부르니?"

위에서 보듯이 《옥중금낭》의 첫 부분은 여느 고전소설 작품과는 다르다. 일반적으로 고전소설은 어느 나라 어느 황제 시절의 어느 지방에 누가 살았다고 하면서 주인공이나 주인공 가계의 내력을 소개하며 시작하는 경우가 많다. 《옥중금낭》처럼 어떤 장면을 생생하게 보여 주면서 대화로 서사를 시작하는 방식은 새로운 소설적 형식이다.

그리고 《옥중금낭》에서는 사건을 전개하면서 매우 구체적이고 세부적으로 서술하고 있음을 볼 수 있다. 이는 《정수경전》과 유사한 사건이나 장면을 서술하는 부분에서 《옥중금낭》이 훨씬 자세하고 구체적으로 제시되고 있는 부분에서 알 수 있다. 장님이 장한웅에게 앞으로 닥칠 일을 알려 주는 부분이나, 장한웅이 혼인 첫날밤에 겪는 살인 사건 등 여러 장면에서 이런 특징이 확연히 드러난다.

이러한 《옥중금낭》의 특징은 고전소설 《정수경전》이 활자본으로, 그리고 신소설로 개작되면서 갖추게 된 것이다. 《옥중금낭》은 고전소설 《정수경전》이 새로운 시대에 새로운 형식으로 어떻게 다시 탄생했는지를 보여 주는 의의가 있다고 하겠다.

참고문헌

오윤선, 〈한국고전서사와 추리소설〉, 《어문논집》 60, 민족어문학회, 2009.

이헌홍, 〈《옥중금낭》과 《정수경전》〉, 《어문연구》 41, 어문연구학회, 2003.

조희웅, 《고전소설 연구보정(하)》, 박이정, 2006.

옮긴이에 대해

　서유경은 서울대학교 사범대학 국어교육과를 졸업하고, 동 대학원에서 석·박사 학위를 취득했으며, 현재 서울시립대학교 인문대학 국어국문학과에 재직 중이다.
　요즘 특히 관심을 갖고 있는 부분은 고전소설을 현재화하는 것이다. 지금 여기를 살아가는 우리에게도 여전히 고전소설이 의미 있고 흥미로운 문학 작품이라는 것을 많은 사람들과 나누고 싶기 때문이다.
　저서에는 《고전소설교육 탐구》, 《판소리 문학의 문화 적응과 확산》, 《고전소설과 문화콘텐츠》, 《고전소설과 운명 이야기》, 《고전서사와 성경 이야기》 등이 있다. 《주봉전》, 《신정 심청전》, 《매화전》, 《백봉선전》 등을 번역한 바 있으며, 논문으로는 〈문학을 활용한 말하기 교육 내용 연구〉, 〈디지털 스토리텔링을 활용한 고전소설교육 설계〉, 〈〈숙향전〉의 정서 연구〉, 〈문화원형으로서의 고전소설 탐색〉 등이 있다.

옥중금낭,
첫날밤의 살인사건

작자 미상
옮긴이 서유경
펴낸이 박영률

초판 1쇄 펴낸날 2024년 11월 15일

커뮤니케이션북스(주)
출판등록 제313-2007-000166호(2007년 8월 17일)
02880 서울시 성북구 성북로 5-11
전화 (02) 7474 001, 팩스 (02) 736 5047
commbooks@commbooks.com
www.commbooks.com

ⓒ 서유경, 2024

지만지한국문학은
커뮤니케이션북스(주)의 한국 문학 출판 브랜드입니다.
이 책은 저작권자와 계약하여 발행했으므로, 본사의 서면 허락 없이는
어떠한 형태나 수단으로도 이 책의 내용을 이용할 수 없습니다.

ISBN 979-11-7307-347-2 03810

책값은 뒤표지에 있습니다.